Avant-propos

On peut faire confiance aux copines, pas vrai ?

— Vous savez quoi ? dit-elle en changeant de sujet. Monsieur Toussaint m'a interceptée quand je sortais pour me demander si je voulais pondre un article pour *Generation Beat*. Rien qu'un millier de mots ! Comme si j'avais du temps à revendre !

— Mais tu en as, ironise Ana. L'heure du déjeuner. Tu n'as pas besoin de manger, n'est-ce pas ?

— Peut-être, dit Barbie, que tu pourrais écrire un article sur... tu sais quoi ! L'affaire qui nous occupe.

Nichelle sait qu'elle ne divulguerait pas leur secret, même devant leurs meilleures amies. Mais, bien sûr, dire «tu sais quoi» devant elles produit le même effet que crier «au feu !» dans un théâtre bondé. Instantanément, quatre regards se braquent sur Nichelle et Barbie.

— Quoi donc ? demande Chelsie. C'est quoi, ce «tu sais quoi» ?

— Allons, raconte ! supplie Chelsie.

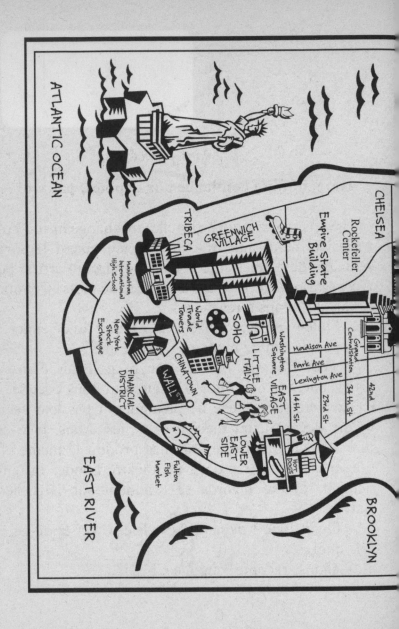

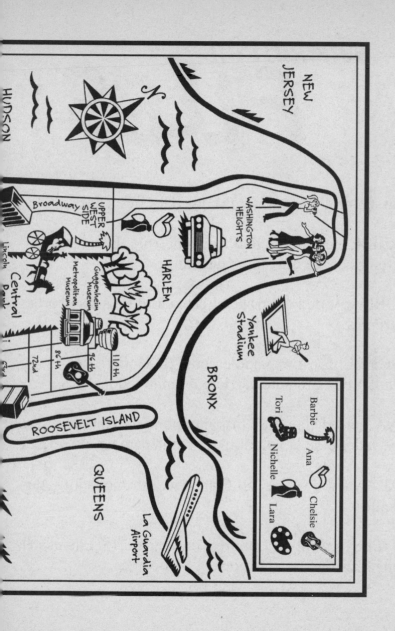

Laissez-moi vous présenter des filles branchées...

BARBIE vient de Malibu, en Californie. Elle aimerait devenir actrice et réaliser des films.

TORI vient de l'Australie et elle adore tous les sports extrêmes.

NICHELLE est une adolescente de Harlem qui connaît une brillante carrière de mannequin.

ANA vient de la partie hispanophone de Harlem et est une vedette de la natation, de l'athlétisme et du soccer.

LARA vient de Paris, en France, et est une peintre de talent.

CHELSIE vient de Londres, en Angleterre. Elle excelle dans l'écriture de chansons et de poèmes.

GÉNÉRATION FILLES

LES VESTIGES DU PASSÉ

par Melanie Stewart

Adaptation de Laurent Divers
et Laurence Bate

Les presses d'or

A GOLDEN BOOK®

Golden Books Publishing Company, Inc.
New York, NY 10106

GÉNÉRATION FILLES ™ et BARBIE ® et Associés sont des marques de commerce de Mattel, Inc. Copyright © 1999 Mattel, Inc.

Tous droits réservés.

Les photos ont été utilisées avec l'autorisation de Polaroid Corporation.

Titre original : Secrets of the Past

Édition française publiée par LES PRESSES D'OR®
7875, boul. Louis-H.-Lafontaine, bureau 105, Anjou (Québec) Canada H1K 4E4

Imprimé au Canada. Isbn : 1-552252-04-3

Cliquez-nous à www.lespressesdor.com

Chapitre 1

Du grabuge à l'hôtel de ville

Nichelle Watson se laisse tomber dans le fauteuil, dans un coin du vaste bureau de sa mère, et dépose son sac à dos argenté par terre. Elle rassemble ses cheveux bouclés au sommet de sa tête à l'aide d'un ruban, étend ses longues jambes marron et ferme les yeux. La journée a été une de celles où on s'épuise à courir après le temps qui file trop vite. C'est un soulagement de se trouver dans cette pièce paisible de l'hôtel de ville.

Nichelle se demande ce qui peut retenir sa mère. Elle doit être en conférence avec le maire. Aussi loin que sa fille se souvienne, Madame Watson a toujours travaillé pour le maire de New York. Maintenant que Nichelle étudie à la Manhattan International High School, c'est super. Presque tous les après-midi, quand la sonnerie de fin des cours retentit et qu'elle prend congé de ses amies, Nichelle marche jusqu'à l'hôtel de ville pour y retrouver sa mère. Dès que Madame Watson est prête, elles prennent ensemble le métro pour Harlem. C'est très agréable. Elles ont l'occasion de bavarder avant le retour de son père, qui dirige la section de pédiatrie à l'hôpital de Harlem. Et avant que Shawn, son frère aîné, ne franchisse en trombe la porte d'entrée, marquant le début de la folie de tous les soirs.

Ces trajets en métro les ont rapprochées encore plus qu'elles ne l'étaient auparavant. Elles parlent de tous les sujets imaginables : travail, école, potins, choses de la vie... Nichelle a appris ainsi que la couleur favorite de sa mère, dans sa jeunesse, était le violet. Comme pour Nichelle maintenant. Elle informe sa mère de son dernier coup de foudre, qui change pratiquement tous les jours, elle doit bien l'admettre. Grâce à ces déplacements en commun, Nichelle en apprend plus sur l'éducation de sa mère à Philadelphie. C'est intéressant d'avoir des détails sur la haute société que ses parents ont fréquentée dans leurs jeunes années.

Plus que tout, Nichelle aime écouter sa mère parler de son travail. « La meilleure protectrice du patrimoine historique de New York » ; voilà comment elle se définit en plaisantant. Mais Nichelle sait que ce n'est pas une blague. Sa mère excelle vraiment dans son travail et veut à tout prix préserver le passé de New York. Mais ce n'est pas si simple ; ce boulot amène chaque jour son lot de problèmes. Il lui faut concilier les demandes des architectes, des promoteurs immobiliers et l'étonnant passé de la ville. « Ce qui est parti ne reviendra jamais », dit-elle toujours. Elle a parlé à Nichelle de la fameuse

Penn Station, l'une des plus belles gares de chemin de fer du pays, qui est tombée sous les coups des démolisseurs et gît maintenant en décombres au fond des marais du New Jersey.

«Le comble, a-t-elle dit à Nichelle avec un sourire amer, c'est que le gouvernement pense à la reconstruire. Et ça coûtera des milliards!»

Enfoncée dans le fauteuil, Nichelle ouvre les yeux pour jeter un coup d'œil à sa montre-bracelet géante. Elle se lève et se met à arpenter la pièce. Elle est pressée de rentrer. Où est donc sa mère? Nichelle doit remettre un travail d'anglais le lendemain, et il lui reste le plus gros à faire, à cause des séances de photographie pour un catalogue qui l'ont occupée les jours précédents.

Nichelle se dirige vers la porte et jette un coup d'œil dans le couloir large et fortement éclairé. Comme d'habitude, il grouille de monde. Mais sa mère n'est pas en vue.

Nichelle repère enfin une grande dame pleine d'allure, vêtue d'un tailleur rouge, qui vient dans sa direction. Sa mère porte les pendants d'oreille que Nichelle lui a offerts pour son anniversaire. Ils sont faits de petites perles en bois et mettent parfaitement en valeur sa nouvelle coupe de cheveux assez courte. Nichelle se dit qu'elle est très belle. Belle, mais préoccupée. La démarche de sa mère trahit son énervement.

Madame Watson ne remarque pas sa fille sur le seuil de la porte. Elle est plongée dans une conversation avec un homme que Nichelle reconnaît. Il s'appelle Evans. C'est un des principaux conseillers du maire.

Ils s'arrêtent près de la porte où Nichelle se tient. Madame Watson tourne le dos à sa fille.

«Oh, oh! se dit Nichelle. Il y a du grabuge dans l'air.»

— Il ne faut en parler à personne! dit Monsieur Evans, d'un ton ferme mais maîtrisé. Personne, vous m'entendez? Le maire ne veut aucune publicité autour de cette affaire.

Madame Watson se raidit. Silencieuse, elle fait face à Monsieur Evans. Nichelle se glisse derrière la porte. Elle est presque sûre qu'Evans ne l'a pas vue.

— Ce bâtiment peut attendre! dit sa mère avec colère, d'une voix un peu trop forte. Curtis ne doit pas le construire immédiatement. Il a des immeubles partout à Manhattan! Pourquoi ne peut-il pas attendre qu'on ait étudié le site? Personne ne connaît au juste l'étendue de ce cimetière. Il est rare qu'un bâtiment soit démoli et qu'on ait l'occasion de voir ce qui se trouve en dessous avant qu'un autre le remplace. Je ne demande pas qu'on empêche la construction, mais seulement qu'on la retarde de quelques semaines.

Nichelle commence à comprendre. Sa mère lui a beaucoup parlé de ce site d'inhumation africain dans le bas de Manhattan. Elle lui a expliqué que New York a déjà été un des plus grands centres d'esclavage du nord des États-Unis. Nichelle n'arrive pas à concevoir qu'il y ait eu des esclaves ici, à Manhattan, depuis le début du XVIIᵉ siècle et durant plus de deux cents ans.

« Le site s'est développé à l'endroit où les esclaves étaient enterrés par leur famille ou leurs amis, a dit sa mère. Au fil du temps, on y a construit des immeubles et on l'a oublié. Mais, voici quelques années, on l'a redécouvert en creusant les fondations d'un nouveau bâtiment. »

Sa mère est très intéressée par les objets qu'on y découvre.

« Ce Curtis doit être sur le point de construire une nouvelle tour à bureaux sur le cimetière », se dit Nichelle.

– C'est une question d'argent ! lance Madame Watson à Evans. Tout est toujours une question d'argent. L'argent que Curtis a offert pour la campagne électorale du maire et de tous les autres politiciens de New York. L'argent qu'il gagnera en construisant son immeuble avant qu'on ait fouillé le site.

– Et l'argent que vous perdrez si on vous licencie à cause de cette affaire ! ajoute rageusement Evans.

– Vous menacez de me virer si j'informe la presse ? s'exclame Madame Watson, d'un ton incrédule.

– Je menace de vous virer si vous en parlez à la presse ou à n'importe qui d'autre. Je vous ferai même virer si vous passez au-dessus de moi pour en parler au maire. Curtis, c'est mon affaire. Et son immeuble sera construit au plus vite.

Nichelle entend le pas pesant d'Evans se perdre dans les profondeurs de l'hôtel de ville.

Comme sa mère se tourne vers la porte, Nichelle se jette dans le fauteuil et ferme les yeux. Si sa mère sait que Nichelle a surpris la conversation, elle sera encore plus cnnuyée.

Madame Watson entre, ferme la porte et respire profondément. Au son de son souffle, Nichelle devine qu'elle est toujours fâchée. Nichelle et sa mère ont beaucoup de choses en commun et cela en est une. Elles ne sont pas du genre à hurler et à gesticuler. Elles respirent profondément et refoulent tout au fond d'elles-mêmes.

D'abord, Madame Watson ne remarque pas sa fille qui fait semblant de dormir dans le coin de la pièce. Quand elle l'aperçoit enfin, elle ne mentionne pas sa conversation animée. Elle fait seulement un signe de la tête et prend son manteau sur le crochet près de la porte.

— Salut, Nikki! dit-elle faiblement en enfilant son manteau. Allons-y. Je suis fatiguée.

La soirée se passe sans qu'elle fasse allusion à l'incident, mais Nichelle ne peut s'empêcher d'y penser. Elle aurait voulu n'avoir rien entendu. Écouter aux portes est une chose qu'elle ne ferait jamais volontairement. Le respect de l'intimité importe autant à Madame Watson qu'à sa fille, et elles respectent leurs espaces privés respectifs. Nichelle sent sa mère fort tracassée et n'aime pas la voir dans cet état. Mais comme la conversation ne la concerne pas, elle n'essayera pas d'en parler.

Pourtant, Nichelle ne peut s'empêcher de penser au site d'inhumation africain.

Elle y pense en s'asseyant à table, entre son frère aîné

Shawn et son père.

— Tu restes à la maison ce soir, Pa ? demande Shawn en puisant dans le plat que sa mère vient de lui passer une grosse cuillerée de purée de pommes de terre.

— J'ai bien peur que non, dit le docteur Watson. Je dois retourner à l'hôpital.

Nichelle se dit qu'il semble fatigué, lui aussi. Elle craint parfois que ses parents ne travaillent trop et souhaite qu'ils puissent passer plus de temps ensemble. Mais son père est un médecin dévoué. Elle sait qu'au fond, il aurait voulu rester auprès de sa famille, lui aussi.

Le docteur Watson passe la main dans ses cheveux gris et rajuste ses lunettes. Ses yeux trahissent sa fatigue.

— Dimanche ! dit-il. Essayons de passer toute la journée ensemble. Tu es libre, Shawn ?

— Sûr ! dit Shawn en prenant un troisième morceau de poulet dans le grand plat bleu au milieu de la table. On va avoir du plaisir. Je réserve ma journée.

— Et toi, Nichelle ? Pas de séance de photo ? demande le docteur.

Nichelle sait que sa passion grandissante pour le métier de mannequin tracasse son père. Il aurait préféré qu'elle se concentre sur les maths et les sciences et rêve qu'elle devienne médecin ou chercheure. Il fait lui-même partie d'une longue lignée de médecins dans la famille Watson. Mais elle sait qu'il respectera son choix, quel qu'il soit.

– Pas de séance ce dimanche, Papa. Donc, oui, je suis libre. Qu'est-ce qu'on pourrait faire ?

Le choix d'activités est si vaste à New York !

– Voilà bien trop longtemps que j'ai vu une pièce de théâtre, dit le docteur Watson. On pourrait essayer d'obtenir des billets.

Ils examinent d'autres possibilités pendant quelques minutes, jusqu'à ce que Nichelle fasse une proposition qui plaît à tout le monde.

– Restons à la maison ! dit-elle. Nous ne restons jamais à la maison. Nous avons la plus belle maison de New York, et personne n'y reste jamais.

Elle a raison, bien sûr. Ils ont consacré beaucoup de temps à restaurer cette magnifique maison ancienne en pierre brune, à Hamilton Heights, un des plus beaux quartiers de la ville, juste au nord du City College. Au bas de la rue se trouve la maison que l'homme politique Alexander Hamilton s'est fait construire au XVIIIe siècle. Toutes les rues du quartier sont bordées de belles maisons en pierre et de grands arbres. Chaque maison a son cachet. Celle des Watson possède une énorme porte d'entrée en acajou, équipée d'un lourd heurtoir en forme de tête de lion.

Après des années d'efforts, la maison est enfin en parfait état. Et maintenant, tout le monde semble trop occupé pour apprécier ce qui la rend si spéciale : le mur de briques dans la cuisine, le petit jardin médicinal à l'arrière, les belles cheminées qu'on n'utilise pas assez souvent.

– Restons ici, allumons un bon feu et jouons au Monopoly et au Scrabble, dit Nichelle. Qu'en pensez-vous ? On peut inviter Mady. Elle sera ravie.

Mady est la grand-mère paternelle de Nichelle, et tout le monde aime la voir. Elle joue un grand rôle dans la vie de tous les membres de la famille, mais surtout dans celle de Nichelle. Mady a aidé à les élever, elle et Shawn. Maintenant que Nichelle travaille comme mannequin, elle accompagne sa petite-fille à chaque séance de photo. La loi exige que les mannequins de moins de seize ans soient accompagnés d'un adulte, et c'est pourquoi Mady est le chaperon de Nichelle. Elle adore assister aux séances.

Mady ne vit qu'à vingt pâtés de maisons de là, près de l'Université de Columbia. Les parents de Nichelle ont essayé de la convaincre d'emménager avec eux, mais Mady refuse d'en entendre parler.

– J'ai besoin d'un foyer bien à moi, répète-t-elle depuis toujours. Et vous aussi !

– Un dimanche à la maison... Ce sera parfait ! soupire le docteur Watson. Je promets de m'arranger pour qu'on ne me dérange pas, si c'est humainement possible. Et toi, Shawn, pas de basket-ball, d'accord ?

– D'accord ! dit Shawn en riant. Je promets de ne pas toucher un ballon de toute la journée.

– J'appellerai Mady ce soir, dit Nichelle. Je dois de toute façon lui parler de la prochaine séance de photo.

– Dis lui bonjour de ma part, dit le docteur Watson en repoussant sa chaise. Il faut que je retourne à l'hôpital. Comment vont les maths, Nichelle ? Enfin, je crois le deviner.

Nichelle obtient toujours des A en maths. Elle est abonnée à la liste d'honneur ; elle excelle en tout. Mais les maths sont sa matière de prédilection.

Après le dîner, Nichelle insiste pour faire la vaisselle toute seule. Shawn a un entraînement de basket, et elle veut que sa mère se détende. Après ça, elle termine son travail d'anglais et se couche vers 22 h 30, dans sa chemise de nuit violette favorite. Mais avant d'éteindre la lumière, il lui reste une dernière chose à faire. Elle se blottit confortablement dans ses quatre oreillers, place sa petite écritoire en bois sur ses genoux et ouvre son paquet de papier à lettres lavande. Elle a attendu trop longtemps pour écrire cette lettre...

Chère Niecy,

Je suis désolée d'avoir mis si longtemps à t'écrire. Ne crois surtout pas que j'ai oublié ma cousine préférée ! Mais j'ai été tellement occupée que, vraiment, ce n'était pas marrant.

Tu sais que je suis entrée dans une toute nouvelle école en septembre ? Je suis en deuxième secondaire, comme toi, mais dans cette école, tout le monde est nouveau, car elle n'existait même pas l'an dernier. C'est vraiment un endroit génial. Même si elle est énorme, on s'y préoccupe réellement de chacun des élèves. Et on y trouve plein de choses comme des ordinateurs, des ateliers d'art, des labos... On rencontre ici des jeunes de toutes sortes et, au début, j'ai eu peur de ne pas me faire d'amies. Mais les choses se sont arrangées. Maintenant, j'ai les cinq meilleures amies de la terre : Barbie Roberts, Ana Suarez, Tori Burns, Chelsie Peterson et Lara Morelli-Strauss. Elles sont toutes très différentes de moi et très différentes l'une de l'autre, mais c'est sans doute pour ça que ça marche si bien entre nous.

En dehors de l'école, ma carrière de mannequin commence vraiment à décoller. Je n'arrive pas à y croire, mais c'est pourtant vrai. Le travail est parfois pénible, mais c'est fantastique d'être une vraie mannequin.

Comment ça va, à New Orleans ? Vous me manquez tous beaucoup. Ici, toute la famille va bien, mais je crois que ma mère a vraiment le travail le plus dur de New York. Shawn a passé 1,80 m, je ne peux même plus lui flanquer une raclée.

Écris-moi. Allons, je sais que tu ne m'en veux pas !

Bisous !

Ta plus chouette cousine, Nichelle.

Chapitre 2

Nichelle choisit sa partenaire

Nichelle pense encore au cimetière africain en prenant sa place au cours d'histoire de Monsieur Budge, le lendemain matin. Barbie est déjà assise sur le siège voisin et l'attend. Nichelle a la chance de faire maintenant partie de la même classe que Barbie.

– On a commis une erreur, a expliqué Monsieur Budge quelques jours auparavant. L'ordinateur m'a attribué trop d'élèves en septième heure. Je vais être obligé de vous transférer à la première heure.

Nichelle était ravie. Ses activités de mannequin se multiplient et maintenant, elle pourrait quitter l'école dès 2 h, après son sixième cours.

Elle meurt d'envie de raconter à Barbie la conversation qu'elle a surprise au sujet du cimetière africain. Mais elle n'est pas sûre de pouvoir le faire. Ne serait-ce pas trahir sa mère? Elle sait que cette histoire fascinerait Barbie, qui adore mettre au jour les secrets enfouis.

Pour le moment, les parents de Barbie effectuent des fouilles, à la recherche de vestiges historiques, quelque part à l'autre bout du monde.

Pendant leur absence, Barbie vit avec une famille de l'Upper West Side à Manhattan. Elle fréquente la M.H.I.S. dans le cadre d'un échange d'étudiants. Un échange qui l'a amenée à quitter le soleil radieux de Malibu.

— Tu as entendu parler de l'ancien cimetière africain près de l'hôtel de ville ? murmure Nichelle.

Avant de commencer son cours, Monsieur Budge range ses notes à l'avant de la classe. Les feuilles semblent déjà parfaitement en ordre, mais il continue à les manipuler pour former une pile parfaite.

Monsieur Budge est un perfectionniste. Mais il est plus célèbre encore pour sa manie de la propreté et de la netteté. Il peut passer un cours entier à se tracasser pour un petit fil qui dépasse de sa manche ou de son col.

En réponse à la question de son amie, Barbie secoue négativement la tête.

Nichelle se prépare à lui rapporter la conversation qu'elle a surprise, après avoir réclamé une discrétion absolue. Mais, à cet instant, Monsieur Budge s'éclaircit la voix.

— Vous vous rappelez que nous parlions de la guerre civile, commence-t-il d'une voix monotone et monocorde qui endort tout le monde. Je pense que nous étions arrivés à l'année 1862. Avant d'aller plus loin, quelqu'un a-t-il des questions au sujet de la matière d'hier ?

Nichelle lève la main et Monsieur Budge lui fait un signe du menton.

– J'ai une question, dit-elle, mais elle ne concerne pas précisément la matière d'hier.

Monsieur Budge fait la grimace, contrarié qu'on l'écarte de son chemin. L'histoire est son grand amour. Il adore parler des batailles, des dates et de tous les petits détails qui ont fait la grandeur du pays. Parfois, il se laisse emporter et trouve la moindre interruption pénible.

– Ma question concerne l'esclavage, explique Nichelle. Vous nous avez dit qu'un des enjeux de la guerre civile était la libération des esclaves dans le Sud. Les Nordistes voulaient l'abolition de l'esclavage et les Sudistes avaient besoin d'esclaves pour leurs plantations.

Monsieur Budge hoche poliment la tête en signe d'approbation. Elle reprend son souffle.

– Monsieur Budge, poursuit-elle, nous avons beaucoup lu au sujet de l'esclavage dans le Sud. Mais il n'est fait aucune mention dans le manuel de l'esclavage ici, dans le Nord. Pourquoi n'en parle-t-on pas ? Par exemple, pourquoi ne dit-on rien du site d'inhumation africain près de l'hôtel de ville ? Quelle était son importance ?

Monsieur Budge garde le silence pendant au moins une minute. Il réfléchit, ce qui lui prend souvent beaucoup de temps.

– Eh bien, Mademoiselle Watson, je crois que vous devriez vous trouver une équipière et rédiger un travail qui vous vaudrait plus de points. Je pense que votre question est très intéressante. Et je serais le premier intéressé par ce que vous pourriez découvrir.

Nichelle hoche la tête.

— D'accord, dit-elle. Je vais me trouver une partenaire.

Barbie se penche vers elle.

— Choisis-moi comme équipière, supplie-t-elle en chuchotant. J'ai terriblement besoin d'un boni de points. J'ai besoin de toute l'aide possible en histoire.

Nichelle sourit. Elle n'arrive pas à comprendre pourquoi Barbie a plus de problèmes avec l'histoire qu'avec n'importe quelle autre matière. Mais, apparemment, chacun a son point faible. Son frère Shawn, qui a hérité de sa mère son amour pour l'histoire, aide Barbie à réviser. L'histoire intéresse aussi Nichelle, mais ce n'est pas son domaine favori. Elle s'intéresse plus aux maths et aux sciences. Et ce qu'elle adore par-dessus tout, c'est d'être mannequin.

Parfois, elle se demande si elle va se lancer pleinement dans cette carrière. Probablement pas. Vraisemblablement, elle ira à l'université et choisira la carrière parfaite, si ça veut dire quelque chose. Mais, pour l'instant, elle est emportée par sa passion.

Monsieur Budge s'est retourné vers le tableau, où il dresse la liste des batailles qui se sont produites en 1862.

Barbie se penche à nouveau vers Nichelle.

— Choisis-moi, d'accord ?

Nichelle lui sourit. Elle ouvre son cahier et, sur une

page blanche, écrit en grosses lettres : « On va y *travailler ensemble !* » Ce serait chouette de faire ce travail avec Barbie. Elle fait une remarquable journaliste et excelle dans le maniement de la caméra. Les vidéos de Barbie sont toujours un plus pour leurs travaux. Ce serait génial de l'avoir comme équipière.

Barbie, à son tour, ouvre son cahier à une page blanche et écrit, à l'encre rouge : « *Dis-m'en plus au sujet de ce cimetière africain !* »

« *Je dois encore en apprendre beaucoup moi-même. Branchons-nous sur Internet ce soir et voyons ce qu'on peut y trouver* », écrivit Nichelle en réponse.

— Génial ! murmure Barbie, un peu trop fort. On va s'amuser !

— Chut ! fait Patty Weir, qui est assise derrière Nichelle.

Un peu avant la fin du cours, Monsieur Budge explique comment la bataille de Gettysburg a amené le président Lincoln à rédiger son fameux discours.

« ... Et que le gouvernement du peuple, par le peuple et pour le peuple ne soit pas effacé de cette terre », avait déclaré Lincoln.

« Ce sont de très belles paroles ! » se dit Nichelle.

Chapitre 3

Est-ce qu'il peut neiger en avril?

À la fin du cours d'histoire, Barbie et Nichelle quittent la classe ensemble. Elles sont toutes les deux très enthousiasmées par ce travail au sujet du cimetière et ont hâte de s'y attaquer.

Mais Nichelle est encore plus excitée par sa prochaine séance de photo. Elle y pense sans cesse.

Nichelle n'a encore jamais travaillé pour le magazine *Teen Style* auparavant, et cette idée la rend un peu nerveuse. Jusqu'à présent, sa carrière de mannequin s'est limitée à de petits boulots pour des catalogues ou des journaux locaux. Mais cette fois-ci, c'est différent. Le magazine est publié à l'échelle nationale.

— Des chapeaux! lui a-t-on dit. Vous présenterez les chapeaux de la collection de printemps.

Mady va la rejoindre là-bas. Elle aimera ça. Elle adore accompagner sa petite-fille, et Nichelle aime l'avoir près d'elle. Nichelle sait, au vu des photos qui décorent toute la maison, que Mady a été très belle dans sa jeunesse. Et elle a encore beaucoup d'allure.

Nichelle se demande ce qu'ils vont faire au sujet de la neige tombée en ce début de novembre. Des chapeaux de printemps, ça veut dire une publication dans un numéro de printemps du magazine. Et donc, des photos prises dans un décor printanier. Elle est impatiente de savoir comment ils vont régler le problème de la couche de neige sur le gazon.

Assise dans la salle de musique en attendant le début de sa troisième heure de cours, Nichelle pousse sur le petit bouton de sa montre. Elle sourit en voyant la lumière s'allumer et s'éteindre. Elle adore cette montre géante. Son père la lui a offerte pour son dixième anniversaire, cinq ans auparavant, quand elle a annoncé son intention de devenir mannequin.

— Avec ceci, tu ne manqueras jamais un rendez-vous, a-t-il dit. Tout ce que tu dois faire, c'est pousser sur le bouton, et elle s'allumera. Et elle est étanche. Tu sauras l'heure, même si tu es 3 m sous l'eau.

Nichelle sait qu'il n'est pas enthousiaste à l'idée de la voir entrer dans le monde des mannequins. Mais elle a aussi compris que c'était une façon de lui dire que, quoi qu'elle fasse, il la soutiendrait.

Elle vérifie la fiole de parfum miniature qu'elle porte toujours autour du cou en guise de talisman et sourit. Son autre grand-mère, du côté de sa mère, la lui a offerte trois ans plus tôt, peu de temps avant sa mort.

Elle l'a remplie de son parfum favori : rose anglaise.

« Quand j'étais une petite fille, avait dit sa grand-mère, maman portait ce parfum. Je l'adore aussi et je l'ai toujours porté. Maintenant, ton tour est venu. »

Nichelle est heureuse que cet objet l'aide à se souvenir de sa grand-mère. Chaque fois qu'elle respire le parfum, il lui revient de merveilleux souvenirs d'embrassades et de réunions de famille. Maintenant, Nichelle n'enlève son talisman que pour le remplir.

Le reste de la journée de cours s'écoule sans histoire et, enfin, la sixième heure s'achève. La grande porte de l'école claque derrière elle, au moment où elle consulte sa montre géante. Il lui reste beaucoup de temps, si le métro ne tombe pas en panne et si une tempête de neige ne la bloque pas. Elle sait qu'elle se tracasse trop, mais elle ne veut pas être en retard pour sa séance de photo.

La journée est magnifique. Le soleil brille dans un ciel limpide, réchauffant son visage et faisant fondre la neige. On aurait cru voir un soleil de printemps. Et il le deviendrait dans une bonne heure, quand les éclairages seraient réglés et que tout le monde prétendrait être en avril.

Nichelle dévale les marches de l'école et court vers le métro. Le quai est bondé d'élèves de la M.I.H.S. qui portent leurs livres et bavardent avec leurs amis. Au moins dix d'entre eux lui disent « bonjour » au passage, ce qui la surprend. Elle est toujours étonnée que des élèves plus âgés la saluent, même si Barbie et Tori lui répètent sans cesse qu'elle est une des filles les plus populaires de l'école.

— C'est ridicule, proteste-t-elle toujours. Je ne suis qu'en deuxième secondaire !

Pourtant, c'est ainsi. Tout le monde la salue. Peut-être est-ce dû à son rôle public dans le conseil des élèves ?

Nichelle sourit, dit « salut » et fait un signe en retour. Mais elle ne s'arrête pas pour parler. Elle est trop nerveuse pour faire quoi que ce soit d'autre que fixer la galerie obscure, dans l'attente de la prochaine rame. Quand, enfin, elle s'arrête en crissant, Nichelle s'y engouffre, saisit la main courante et ne la lâche plus. Elle déteste être bousculée et secouée en tous sens. S'accrocher à la main courante est plus sûr. Parfois, quand elle rentre seule et que le métro n'est pas trop bondé, elle met ses écouteurs pour entendre une cassette de Sonny Rollins ou de Charlie Parker. Elle adore le jazz sous toutes ses formes et se rend dans un club new-yorkais chaque fois qu'un membre de sa famille accepte de l'y emmener.

Elle consulte à nouveau sa montre. La rame approche de la 72e rue. S'il ne se produit rien de grave, elle sera à temps.

Elle arrive au rendez-vous à Central Park bien à l'avance. Bien sûr, Mady est déjà là. Elle se trouve dans la caravane avec les autres mannequins, et les filles l'écoutent en riant. Mady leur parle de son récent voyage en Inde et de sa promenade à dos d'éléphant.

— Parle-leur du bébé éléphant, dit Nichelle en s'asseyant près d'elle. Raconte-leur comment il est devenu jaloux de toi !

L'assistante du photographe ouvre la porte et jette un coup d'œil à l'intérieur.

– Je vois que tout le monde est là, dit-elle. Bien. Dès que vous vous serez changées, j'enverrai Brad pour s'occuper de vos cheveux.

Une habilleuse les aide à passer leurs jolies tenues de printemps. Nichelle adore la sienne, une robe rouge à petites fleurs. Elle aurait aimé la garder... Plus tard, peut-être, quand elle serait un mannequin international.

Ensuite, Brad commence à les coiffer. Quand c'est au tour de Nichelle, il remue ses longues boucles et sourit.

– Tu as des cheveux magnifique, ma chérie! dit-il.

Il prend un flacon d'eau et lui asperge la tête. Puis il coiffe ses cheveux avec les doigts et les laisse sécher naturellement.

– Superbe! dit-il.

Nichelle se regarde dans le miroir et sourit. C'est amusant de voir comment un professionnel, en faisant ce qu'elle fait chaque matin, obtient un résultat aussi fantastique.

La maquilleuse passe après lui et prend soin de leur visage.

Elles sortent de la caravane pour découvrir une plate-forme couverte de gazon artificiel, construite un bon mètre au-dessus du sol. Il y a même de jolis bancs blancs pour s'y asseoir. Les décorateurs ont bien travaillé.

– Parfait! lance le photographe. Vous êtes magnifiques. Enlevez vos vestes, asseyez-vous sur les bancs. On va s'y mettre. Souriez ! Mettez votre chapeau de paille. Non, non, pas comme ça. Un peu de travers... Prenez un air espiègle. Oui, c'est parfait. Mais toi, tu souris trop ! Juste un léger sourire, comme si vous aviez un merveilleux secret que personne d'autre ne peut découvrir. Voilà, ça y est ! Bien. Extra !

Nichelle n'a pas de mal à imaginer un secret. Elle a des coups de foudre incessants pour des acteurs, des chanteurs, des garçons de l'école et un tas d'autres gens. Ce jour-là, elle autorise Michael Jordan à amener un sourire sur ses lèvres.

Entre les séances de pose, Nichelle et les autres filles se réfugient dans la caravane jusqu'au moment de reprendre. Elles rigolent toujours. Nichelle les apprécie beaucoup. Aucune ne semble prétentieuse ou maniérée.

Rencontrer des gens est un des attraits du travail de mannequin et, cette fois, les filles sont particulièrement sympathiques.

Le photographe est prêt pour la suite. Nichelle se réinstalle sur le banc. Au-dessus d'elle, le soleil brille généreusement et la réchauffe.

Ç'a a été une bonne séance de travail, courte, agréable et très facile. La séance terminée, les filles retournent une dernière fois dans la caravane pour remettre leurs vêtements habituels. Mady raconte l'histoire du bébé éléphant jaloux, et tout le monde en rit de bon cœur.

Chapitre 4

Je parie mes chaussures argentées et un beigne!

– Comment s'est passée la séance de photo? demande Barbie plus tard ce soir-là.

Elles sont assises face à l'ordinateur dans la chambre violette et blanche de Nichelle.

La couleur favorite de Nichelle domine la pièce. Les couvre-lits des lits jumeaux sont violets, ainsi que les tentures de la grande baie vitrée. L'immense tapis noir et blanc aux motifs africains qui couvre la plus grande partie du parquet en chêne contraste magnifiquement avec les couvre-lits. Pour apporter une touche finale, Nichelle a pendu au mur des cadres en chêne qui contiennent des photos de sa famille et de ses amis.

Nichelle adore sa chambre. Parfois, elle n'aurait voulu être ailleurs pour rien au monde. Comme maintenant: elle travaille au côté de Barbie avec, en bruit de fond, la rumeur lointaine de la circulation et des bribes de conversations joyeuses.

— La séance de photo s'est très bien passée. J'ai rencontré des gens super, dit-elle.

— Je suis impatiente de te voir dans *Style*. C'est fantastique!

— Je sais, dit Nichelle. Je n'arrive pas à y croire moi-même.

Nichelle se penche vers son ordinateur et introduit son mot de passe. L'instant d'après, elles sont dans le cyberespace.

— Nous devons être prudentes, explique-t-elle. Nous ne pouvons même pas dire à ma mère que nous faisons ce travail.

Elle explique rapidement à Barbie comment elle a surpris la conversation devant le bureau de sa mère, à l'hôtel de ville.

— Et tu devrais peut-être éviter d'en parler à Shawn, ajoute-t-elle. Il est super comme grand frère mais, parfois, il bavarde trop. En tout cas, ce Curtis est un type important. C'est un promoteur immobilier, et il s'apprête à construire dans les environs du cimetière africain. Il voudra peut-être construire sur le site lui-même. Personne ne sait où se trouvent ses limites. Et comme Curtis a généreusement contribué à la campagne électorale du maire, ma mère est priée de se tenir à l'écart de l'affaire. Elle pourrait y perdre son emploi.

— Mes lèvres sont cousues, promet Barbie. Où est ta mère en ce moment?

– Elle participe à une réunion qui devrait finir tard. Mon père a appelé pour dire qu'il devra rester à l'hôpital jusqu'à 22 h au moins. Nous avons plein de temps devant nous.

– Et Shawn, où est-il? demande Barbie.

– À son entraînement de basket. Où pourrait-il être quand le sol est couvert de neige? À l'intérieur, bien sûr. Il se prépare à mener l'équipe de l'université vers une nouvelle victoire en championnat.

Nichelle clique sur la touche de recherche et tape « *site d'inhumation africain de New York* ». Une liste de douze documents apparaît. Il s'agit d'articles qui portent sur le cimetière lui-même, sur un projet de monument, sur des objets exhumés et sur une courte histoire de l'esclavage dans la région de New York.

– Voilà qui semble intéressant! dit Nichelle en indiquant un document intitulé « *Objets provenant du site* ». Je me demande de quoi il s'agit.

Elle clique sur IMPRIMER et attend que les pages sortent doucement de l'imprimante.

– Et celui-ci? dit Barbie en désignant un article intitulé « *À la recherche de nos racines africaines* ».

Nichelle imprime l'article ainsi que plusieurs autres, puis elle passe la moitié des feuilles à Barbie.

– Notre cher ami Curtis devrait jeter un coup d'œil à ceci, dit Barbie en lisant une liste d'objets trouvés sur le site. Des tasses, des vases, des écuelles à savon, des têtes de poupées, des prothèses dentaires... Cet endroit est un musée! Ils disent ici que le site a été découvert en

1991 et qu'il s'étend sur deux ou trois hectares. Le parc de l'hôtel de ville le recouvre. Et écoute ceci : quand on l'utilisait au XVIIIe siècle, il se trouvait hors des limites de la ville.

— Deux ou trois hectares ! fait Nichelle. Mince, ça fait un bon bout du bas de la ville. N'importe quelle construction dans cette zone peut porter atteinte au site. Je comprends que Curtis ne veuille pas en entendre parler.

— Regarde, dit Barbie, voilà une carte. Ils construisaient un nouvel immeuble pour le gouvernement quand ils ont découvert le site. À l'époque, il était couvert de constructions depuis si longtemps que personne ne connaissait plus son existence.

— On a oublié tous ces gens, soupire tristement Nichelle. Le XVIIIe siècle, c'est 150 ans avant la guerre civile. Ils disent qu'un New-Yorkais sur cinq était esclave. C'est le travail des esclaves qui a permis la construction de la ville. Ils disent aussi qu'on découvre des cimetières dans de nombreuses villes du Nord. Et les manuels plus anciens ne mentionnent même pas l'esclavage dans le Nord. C'est incroyable !

— Oui, incroyable ! dit Barbie. Tant de gens et plus personne ne se souvient d'eux.

— Hum ! fait Nichelle sans relever la tête.

Elle lit un article au sujet d'un cimetière indien en Nouvelle-Angleterre.

— Regarde ça ! dit-elle, passionnée. Ils ont fait retarder la construction d'un centre commercial. Quand des ossements ont été exhumés à cet endroit, un tribunal a décidé que le site devait être fouillé avant que la construction ne commence.

— C'est vraiment dommage qu'on ne puisse pas en parler à ta mère, dit Barbie.

— C'est vrai, admet Nichelle. Mais je commence à me dire que, peut-être, on pourrait faire quelque chose pour l'aider. Ses mains sont liées, mais pas les nôtres.

— Peut-être, dit lentement Barbie, que cela représente plus qu'une affaire de points en histoire.

Nichelle fait semblant de ne pas l'entendre.

— Allons y jeter un coup d'œil un jour après l'école, suggère-t-elle. On pourrait faire un tour de reconnaissance et peut-être même découvrir l'endroit où Curtis veut construire. Si ma mère a raison, je parie que c'est très près du site.

— Curtis pourrait-il nous causer des problèmes?

— Il pourrait, dit Nichelle d'une voix douce, qu'elle veut rassurante. Il veut construire au plus vite. C'est un fonceur et un ambitieux. Ma mère m'a déjà parlé de lui. Il a fourni de l'argent à beaucoup de politiciens et il attend quelque chose en échange. Et je te parie ma nouvelle salopette bleue que ce type n'a pas intérêt à attendre qu'on délimite précisément le cimetière.

— Je parie plus que ça! dit Barbie en riant. Je parie mes chaussures argentées à hauts talons que tu as raison.

— Je parie mon collier en corail rose.

— J'ajoute mon pendentif en forme de palmier.

Elles se mettent à hurler de rire.

— Mes lunettes de soleil !

— Mon manuel d'histoire !

— Ma casquette de baseball violette !

— Monsieur Budge !

— Un beigne à la confiture avec du crémage au chocolat !

Elles se laissent tomber sur les lits jumeaux de Nichelle en se tordant de rire.

— Attention, Monsieur Curtis ! crie Nichelle. Nichelle et Barbie sont sur l'affaire. Nous ne fermerons pas l'œil jusqu'à ce que ces esclaves puissent reposer en paix.

Mais elles dorment, bien sûr, après que Barbie a pris un taxi pour regagner l'Upper West Side et que Nichelle ait caché tous les articles sous une pile de chandails, dans un tiroir de sa commode.

Chapitre 5

Fouilles à la petite cuillère

L'après-midi suivant, à la fin de la sixième heure, Nichelle se rend au local 712 pour travailler à son devoir de maths. Le local 712 est l'endroit préféré de tous. Dans cette pièce s'élaborent le journal de la M.I.H.S. et son site Internet. Des idées, certaines brillantes, d'autres absurdes, fusent sans cesse.

Ce jour-là, la pièce sans fenêtre ressemble comme d'habitude à un asile d'aliénés. Le sol est jonché d'élèves qui étudient, bavardent ou cherchent simplement à piquer un petit somme entre les cours. Dans un coin, un groupe de jeunes se presse autour de l'ordinateur pour travailler au site du journal. Dans un autre, plusieurs étudiants serrés autour d'une table relisent les épreuves du dernier numéro de *Generation Beat*.

Comme à l'accoutumée, le devoir de maths de Nichelle ne lui prend que très peu de temps. Quand elle a terminé, elle ouvre son manuel d'histoire et tente de lire le chapitre assigné. Peine perdue ; il lui faut un peu de silence et de tranquillité si elle veut le comprendre vraiment. Elle devrait le lire le soir dans sa chambre, là où rien ne pourrait la distraire, sauf peut-être un lointain bruit de musique provenant d'une fenêtre voisine.

« Il y a un temps et un endroit pour chaque chose », se dit Nichelle. Elle adore cette salle de rédaction bruyante, mais sa propre chambre est tout autre chose. Elle l'a vraiment personnalisée et, quand elle veut le calme et la paix, c'est l'endroit idéal.

Elle jette un coup d'œil à sa montre. Elle a promis à ses amies de les rejoindre en face, chez Eatz, après les cours. Eatz est l'endroit préféré des élèves de la M.I.H.S. pour aller manger. La propreté est douteuse et la nourriture un peu étrange, mais sa proximité en fait un lieu de rendez-vous pratique.

Nichelle et ses amies se retrouvent généralement là pour déjeuner, mais aujourd'hui, elle a sauté le repas pour terminer des devoirs de dernière minute. Maintenant, elle est affamée.

Elle passe la porte quand Monsieur Toussaint l'arrête.

– Hé, Nichelle ! lance-t-il de l'autre bout de la pièce.

Nichelle se retourne et se fraye un passage entre les corps allongés.

– Il nous manque quelques articles pour le prochain numéro, dit-il quand elle le rejoint. Tu crois que tu pourrais nous écrire un papier d'un bon millier de mots sur un sujet intéressant ?

Nichelle est en charge de la rubrique mode du magazine. Son travail consiste à décrire tous les styles qui apparaissent dans les couloirs de l'école. Mais, de temps à autre, elle écrit un article sur n'importe quel thème qui l'intéresse.

Un papier d'un millier de mots. Bien sûr, elle n'a rien d'autre à faire. Nichelle lui adresse un sourire en coin.

— Si je trouve quelque chose que je peux pondre en une dizaine de secondes, j'essaierai ! dit-elle.

— C'est tout ce que je demande. Penses-y, d'accord ?

— J'y pense, j'y pense ! répond-elle en marchant à reculons vers la porte.

— Salut ! lance-t-il gaiement.

Quand elle entre chez Eatz, Barbie, Chelsie, Ana et Tori se sont déjà entassées dans leur compartiment favori, aux cloisons orange. Elles lui adressent de grands signes quand elle franchit la porte.

— Salut, Bill ! dit Nichelle en passant près du comptoir.

La tête de Bill, le cuisinier, apparaît au petit guichet de la cuisine.

— Salut, Nichelle ! dit-il. Tu prendras la même chose que d'habitude ?

— Oui, Bill, merci. Mais tu mettras beaucoup de fromage dans ma salade, s'il te plaît. Et une montagne d'olives ! Je meurs de faim. Seules les olives peuvent me sauver la vie.

Quelques minutes plus tard, Bill arrive près d'elle, portant une énorme salade à l'air avachi et une bouteille d'eau.

– Désolé pour la laitue, elle est un peu fanée aujourd'hui! dit-il. Mais tu y survivras.

– Je me demande pourquoi je me sens parfois comme une étrangère dans mon propre pays! dit Nichelle en plongeant sa fourchette dans la salade. Me voilà, à Manhattan, servie par un Australien, assise face à une Anglaise, une Franco-Germano-Italienne et une autre Australienne. Sans mentionner une Mexicano-Américaine venant de Californie, un État qui pourrait aussi bien être un autre pays.

– Oui, mais c'est un beau pays! dit Barbie sans se vexer.

Ses amies savent qu'elle a souvent le même sentiment au sujet de New York.

– Bonté divine! lance Chelsie avec un accent anglais à couper au couteau. Qu'est-ce que tu ferais sans nous?

– Bonté divine, ma vieille! dit Tori en riant, sonnant aussi Australienne que possible. Si tu traînes assez longtemps avec nous, tu prendras notre accent.

Nichelle débouche sa bouteille d'eau et en boit une bonne gorgée.

– Cette eau est chaude! crie-t-elle à Bill.

– J'avais peur que tu dises ça, répond Bill. Elle s'est allongée au soleil pour améliorer son bronzage.

– Il fait très froid dehors, mon vieux! lance Nichelle

en tripotant les trois boucles de son oreille gauche. Si elle avait été dehors, ce serait un bloc de glace.

– Qui a parlé d'être dehors ? J'ai juste dit qu'elle avait pris le soleil, étendue sur la cuisinière. Allons, cesse de gémir. L'eau chaude te fera du bien.

– En fait, il a raison ! dit Lara. Tu sais qu'en Chine, ils boivent de l'eau chaude tout le temps.

– D'où sors-tu des trucs pareils ? lui demande Ana.

Lara sait des choses sur tous les pays du monde. Après tout, elle a séjourné dans la moitié d'entre eux.

Nichelle émet un grognement.

– Vous savez quoi ? dit-elle en changeant de sujet. Monsieur Toussaint m'a interceptée quand je sortais, pour me demander si je voulais pondre un article pour *Generation Beat*. Rien qu'un millier de mots. Comme si j'avais du temps à revendre !

– Mais tu en as, ironise Ana. L'heure du dîner. Tu n'as pas besoin de manger, n'est-ce pas ?

– Peut-être, dit Barbie, que tu pourrais écrire un article sur... tu sais quoi ! L'affaire qui nous occupe.

Nichelle sait qu'elle ne divulguerait pas leur secret, même devant leurs meilleures amies. Mais, bien sûr, dire «tu sais quoi» devant elles produit le même effet que crier «au feu !» dans un théâtre bondé. Instantanément, quatre regards se braquent sur Nichelle et Barbie.

– Quoi donc ? demande Chelsie. C'est quoi, ce «tu sais quoi» ?

– Allons, raconte ! supplie Chelsie.

Nichelle réfléchit pendant une minute puis estime

qu'elle peut partager leur secret avec leurs amies. On pouvait compter sur leur silence.

— O. K., dit-elle. Mais il faut garder ça pour vous. Pas de bavardage. C'est important!

Nichelle entame son explication.

— Barbie et moi faisons un travail sur l'esclavage dans le Nord. Nous nous sommes documentées sur le site d'inhumation africain, près de l'hôtel de ville.

— Je ne savais même pas qu'il existait, dit Chelsie.

— Moi non plus, avoue Barbie.

— Mais où est le secret là-dedans? demande Tori en croisant les bras sur la table et en se penchant vers Nichelle.

— C'est en rapport avec le travail de ma mère, explique Nichelle. Je ne peux pas en dire plus. Mais ma mère pourrait perdre son emploi si quelqu'un apprenait que nous creusons cette affaire.

Chelsie se redresse en fixant Nichelle:

— Que veux-tu dire par «creuser»? demande-t-elle. Tu ne vas pas te rendre là-bas avec des pelles au beau milieu de la nuit, je suppose?

Barbie et Nichelle éclatent de rire.

— Nous creusons avec des petites cuillères! plaisante Nichelle. Des cuillères à thé en argent. Anglaises. Rien que les meilleures!

Chelsie leur fait une grimace et sourit.

— D'accord, dit-elle, je n'en parlerai à personne. À vrai dire, ce sujet vient d'être effacé de ma mémoire à ce moment précis.

– Merci de comprendre, dit Nichelle.

– Comprendre quoi? demande Chelsie d'un ton ingénu.

Les autres haussent les épaules d'un air perplexe.

Tori se lève et quitte la table.

– Eh bien, tout ce que je peux dire, c'est qu'il vaut mieux s'en aller. Tu m'accompagnes, Chelsie? Il faut que je rentre.

Après le départ des autres, Barbie se glisse vers le fond du compartiment pour se trouver face à Nichelle.

– Je dois partir dans une minute, moi aussi! dit-elle. J'ai des tonnes de devoirs à faire. Tout le monde n'a pas ta chance. Certains ne sont pas capables de faire leurs devoirs en un clin d'œil.

– Oui, tu parles! dit Nichelle en riant.

Mais toutes deux savent qu'elle possède un esprit rapide et un grand pouvoir de concentration.

Nichelle fourre une olive noire dans sa bouche et en présente une à Barbie.

– Hé, dit-elle, c'est peut-être une bonne idée d'écrire quelque chose au sujet du cimetière pour Monsieur Toussaint. On fait toutes les deux partie de la rédaction du journal et du site Internet. Tu t'occupes des infos générales, alors on peut y aller. Si on met ça sur le réseau, le monde entier pourra le lire. Mais il faudra faire attention à ce qu'on écrit, pour ne pas mettre en danger le poste de ma mère.

Elles en discutent encore pendant quelques minutes puis se lèvent, payent leur note et sortent.

43

— Je t'appellerai ce soir ! crie Barbie en s'engouffrant dans le métro. Et dis bonjour à Shawn. Dis-lui que j'ai terriblement besoin de son aide en histoire.

— Entendu ! lance Nichelle.

Elle fait un signe de la main, relève son col et tourne le coin de la rue. Puis elle entend Barbie l'appeler une dernière fois et se retourne.

— Nichelle, dit-elle, tu veux m'accompagner demain pour faire du lèche-vitrine dans le bas de la ville ?

Nichelle passe la tête au coin de la rue.

— Demain, je crois que ça peut aller ! répondit-elle. Appelle-moi ce soir, d'accord ?

Chapitre 6

Nichelle se met à table

Shawn est assis à la table de la cuisine quand Nichelle entre. Il dévore un sandwich au beurre d'arachide en étudiant sa chimie. Il relève la tête quand elle va vers le réfrigérateur et se sert un verre de jus.

– Verse-m'en un verre aussi, dit-il en souriant. S'il te plaît, petite sœur.

Il lève les mains pour ressembler à un chien qui fait le beau.

Elle remplit un deuxième verre et s'assit en face de lui. Il avale le jus en trois gorgées.

– À propos, dit Nichelle, Barbie a besoin de tes lumières. Elle voudrait savoir quel moment te convient.

– Ce week-end, pas de problème! dit Shawn en se levant pour poser son assiette dans l'évier. Dis-lui de m'appeler.

Il saisit le téléphone et l'emporte hors de la pièce. La famille appelle cet appareil « l'appendice de Shawn » parce qu'il s'en sert tout le temps. Chaque matin, les amies de Nichelle lui disent : « J'ai essayé de t'appeler hier soir, mais je n'ai eu que la messagerie vocale. » Peu importe ce qu'on peut dire ou faire, Shawn passe des heures au téléphone.

— Est-ce qu'on ne pourrait pas avoir une autre ligne ? demande Nichelle à ses parents.

Mais ils refusent toujours. Le docteur Watson a son propre téléphone et un téléavertisseur qui est réservé à l'hôpital et à ses patients. Et le seul autre téléphone est l'appendice de Shawn.

— Ma mère refuse catégoriquement d'avoir une autre ligne, explique Nichelle à ses amies quand elles se plaignent. Elle a cette idée en horreur. Pour elle, la messagerie vocale suffit. Si la ligne est occupée, le correspondant n'a qu'à laisser un message, et on le rappelle plus tard. Pas question d'avoir plusieurs lignes ; si elle le pouvait, elle supprimerait complètement le téléphone. Quand elle revient du bureau le soir, elle veut avoir la paix.

Donc, comme d'habitude, Shawn passe toute la soirée au téléphone. Nichelle sait que Barbie va essayer de l'appeler et d'autres amies aussi, sans doute. Mais elle ne se tracasse pas trop, car elle a des devoirs à faire et plusieurs lettres à écrire.

Juste avant qu'elle n'éteigne sa lampe, sa mère passe lui dire bonsoir. Elle s'assit sur le lit à côté d'elle.

— C'est vraiment triste que tu sois trop grande pour que je te lise un conte, dit-elle. Ça me manque.

– Tu peux toujours m'en lire un maintenant, dit Nichelle. « ... Et ils furent heureux et eurent beaucoup d'enfants. »

Elles rient toutes les deux. Nichelle se glisse sous les draps, et sa mère lui pose un baiser sur le front, comme quand elle était petite.

– Maman, dit soudain Nichelle, que se passerait-il si quelqu'un découvrait des informations au sujet du cimetière africain ? Des informations qui arrêteraient... quelqu'un. Quelqu'un qui aurait envie de bâtir sur le site avant qu'il soit étudié ?

Les questions ont coulé de sa bouche sans qu'elle puisse les arrêter. Cacher des choses à sa mère n'est décidément pas dans sa nature.

Madame Watson fronce les sourcils.

– Je pensais bien avoir vu ton ombre l'autre jour, dit-elle. Tu as surpris toute la conversation ?

– À vrai dire, oui ! avoue Nichelle. Je n'ai pas pu l'éviter.

– Eh bien, tu devrais l'oublier. Ce n'est pas une affaire d'adolescents.

Nichelle insiste.

– Mais si je découvrais quelque chose qui peut aider ?

Sa mère éteint la lampe.

– Tu dois suivre la voix de ta conscience ! dit-elle, juste avant de fermer la porte.

Le lendemain, avant son premier cours, Nichelle court au cinquième étage pour voir s'il y a un message pour elle sous la dalle décollée. Elle ne sait pas ce qu'elle et ses amies feraient sans cette dalle qu'elles utilisent comme cachette pour des messages secrets. Elles ne sont que six à en connaître l'existence, car la dalle ressemble à toutes les autres.

Prudemment, Nichelle soulève le carreau. Comme elle le pense, il y a un billet marqué « *Nichelle* » dans la jolie écriture ronde de Barbie.

« *Je n'ai pas pu te joindre hier, disait le message. Mais je voulais te dire que j'ai envoyé un courrier électronique à mes parents hier soir pour leur annoncer que nous avions découvert un site archéologique. Je leur ai demandé quelques conseils sur la manière de déterrer des objets, mais sans leur donner de détails. Laisse-moi un message !* »

Bien sûr, Barbie aurait pu parler à Nichelle après le cours de Monsieur Budge. Mais c'était bien plus amusant de laisser des billets dans leur cachette secrète.

Barbie doit être allée faire une course car, quand Nichelle entre dans la classe de Monsieur Budge, elle n'est pas là. Nichelle s'installe au fond. Seule Patty Weir est derrière elle. Il reste trois bonnes minutes avant le début du cours et Nichelle décide d'en profiter au maximum. Elle met ses écouteurs et ferme les yeux. Pendant ce bref moment, elle se sent parfaitement en paix avec le monde.

Un instant plus tard, elle sent que Barbie se glisse sur le siège à côté du sien. Elle ouvre les yeux et sourit à son amie.

48

– J'écoute un disque de Zoot, dit-elle doucement, et je suis heureuse.

Nichelle a amené Barbie à découvrir Zoot Sims quelques mois plus tôt. Ce musicien qui jouait du saxophone ténor dans les années 40 et 50 est l'un de ses favoris. Nichelle a même donné son nom à un chat quand elle était petite.

– J'ai trouvé ton message, dit Nichelle en éteignant le baladeur et en le rangeant.

Elle glisse la main dans son sac et en tire le billet de Barbie.

– Désolée que tu n'aies pas pu me rejoindre, dit-elle. Shawn était en ligne avec sa nouvelle petite amie. Tu sais, j'ai plus ou moins dit à ma mère que j'étais au courant, au sujet de Monsieur Curtis.

La gorge de Barbie émet un son étouffé.

– Qu'est-ce qu'elle a dit ? demande-t-elle enfin.

– Elle a dit que je devais agir selon ma conscience.

– Ce qui signifie ?

– Ce qui signifie qu'elle ne veut rien savoir de ce que nous faisons et que nous devons être prudentes.

Le cours va commencer. Monsieur Budge a les yeux fixés sur elles. Quand elles s'en rendent enfin compte, elles sourient poliment et arrêtent de parler. Après un moment, il se retourne et prend un bout de craie, ce qui annonce une nouvelle liste de dates. Nichelle griffonne un mot pour Barbie.

« J'ai oublié de te raconter que j'ai aussi eu un coup de téléphone hier. Devine quoi ! Une dame du magazine

Teen Style *m'a appelée. Ils veulent que je fasse une nouvelle séance de photo demain après-midi. Et, tu ne vas pas le croire : moi seule ! Toute une séance avec rien que moi, tu t'imagines ?* »

Monsieur Budge a une sorte de sixième sens qui l'alerte quand il se fait rouler. Il dépose sa craie avec la précision d'un dentiste raccrochant sa fraise. Puis il lève l'index de la main droite et l'agite, très, très lentement, en direction de Nichelle.

Chapitre 7

L'homme devant la maison de pierres brunes

Quand Nichelle et Barbie quittent l'école l'après-midi, le soleil brille, et la neige a fondu. Nichelle enlève son manteau d'hiver violet, le jette sur son épaule et se met à chanter une chanson de la comédie musicale *Pacifique Sud*, en modifiant le dernier mot.

— Je suis amoureuse, amoureuse d'un merveilleux ciel! chante-t-elle.

— J'adore ce spectacle, dit Barbie. On l'a monté à mon école de Malibu. Je jouais une des infirmières.

D'un pas léger, en jouissant du soleil, elles chantent des airs de comédies musicales en passant le World Trade Center et l'hôtel de ville, en se dirigeant vers la rue Duane. Elles chantent des morceaux de *La mélodie du bonheur,* de *Pacifique Sud* et d'*Oklahoma*, de *Porgy et Bess* et de *Ragtime.*

Nichelle se demande ce que serait sa vie sans la

musique. Elle adore toutes les sortes de musique, depuis les comédies musicales jusqu'au classique, en passant par le rap, le jazz, le *rhythm and blues* et le rock. Elle ne peut imaginer vivre sans musique.

Elles sont au milieu d'une chanson de *Grease* quand elles tournent à un coin de rue et se trouvent face au grand bâtiment du gouvernement fédéral au 290, Broadway.

— Une partie du cimetière africain se trouve sous cet énorme bâtiment, dit Nichelle. N'est-ce pas incroyable ? Tout un pan d'histoire, juste sous nos pieds.

Nichelle et Barbie entrent dans le bâtiment et jettent un coup d'œil autour d'elles. Une grande portion du premier niveau reste inachevée.

— Je crois que, d'après les plans, ceci doit devenir un centre pédagogique, chuchote Nichelle en consultant l'impression qu'elle a faite du site Internet. Ce sera une sorte de musée. Et regarde par là... Par la fenêtre, on voit l'endroit où on doit ériger un mémorial.

— Et à quoi va-t-il ressembler ? demande Barbie en regardant le vaste espace entouré de palissades.

— Eh bien, chuchote Nichelle en lisant ses feuilles, pour le moment, les restes de 400 personnes se trouvent à Washington D.C., à l'Université Howard. Ils font des recherches à leur sujet. On dit ici que, quand les recherches seront terminées, les restes seront ensevelis dans le mémorial. On aménagera un beau parc.

Nichelle sort son appareil photo et prend plusieurs clichés.

— Tu as apporté ton caméscope ? murmure-t-elle

quand elle a fini.

Barbie fait oui de la tête.

– Tu crois que je peux m'en servir ici ? demande-t-elle.

– Peut-être que je ne devrais même pas prendre de photos, dit Nichelle en rangeant son appareil. Sortons.

Barbie et Nichelle repassent la porte principale et gagnent l'emplacement du futur mémorial.

– Je crois que tu peux filmer ici, dit Nichelle sans en être tout à fait sûre.

Elle veut rassembler de la documentation sur ce site historique pour son travail, mais sans manquer de respect. Elle pense aux personnes qui y reposent peut-être encore.

– Je pense que c'est correct, dit-elle après un moment.

Barbie prend son caméscope et le met en marche. Elle filme pendant trois bonnes minutes, en silence, puis le range.

– Voyons si nous pouvons trouver l'emplacement du fiasco de Curtis, suggère ensuite Nichelle.

Elle a vu un plan chez elle, sur le bureau de sa mère, et sait donc où il se situe. Elle suivent la rue Elk et tournent à un croisement. Après avoir marché encore un peu, elles s'arrêtent face à un chantier. Le soleil commence déjà à se coucher et l'air devient frais. Nichelle enfile son manteau et le boutonne.

– Ce doit être ici, dit-elle à Barbie alors qu'elles se dirigent vers la clôture qui protège le chantier d'éventuels intrus.

— C'est tellement... hésite Barbie en cherchant le mot approprié. Je ne sais pas... inachevé!

— Je dirais : pas encore commencé! corrige Nichelle en sortant son appareil pour prendre une photo.

Il n'y a rien sur ce terrain, au-delà de la clôture. Rien qu'un espace béant et humide de terre et de pierres, quelques tas de neige fondante et une pancarte qui dit : «*Chantier du Complexe Curtis, l'immeuble de bureaux et d'appartements le plus moderne du bas de Manhattan*».

Barbie prend son caméscope et se met à filmer.

— Tu sais ce qu'il y avait ici auparavant? demande-t-elle en tournant lentement sur elle-même pour filmer l'ensemble du site.

Elle s'arrête brusquement en tenant son caméscope braqué dans une direction. En la voyant s'immobiliser, Nichelle s'avance pour tenter de distinguer ce qu'elle regarde.

— Qu'est-ce qu'il y a? demande Nichelle.

Barbie, toujours immobile, respirant à peine, appuie sur la touche du zoom.

— Quoi ? insiste Nichelle.

— Il y a un homme en face de cette vieille maison en pierre brune. Il nous regarde.

— De quoi a-t-il l'air?

Barbie pousse le zoom au maximum.

— Il est énorme! Il porte un costume et une cravate et il a des papiers sous le bras. Il a aussi un crayon derrière l'oreille et... Nichelle!

– Oh, bon sang ! s'exclame Nichelle. Laisse-moi deviner... Il vient vers nous, pas vrai ?

– Tout juste !

Barbie abaisse son caméscope et lance un regard anxieux à son amie. En quelques secondes, l'homme est près d'elles.

– Que faites-vous là ? demande-t-il. Qu'est-ce que vous filmez ?

Il se tient tout près d'elles et les domine de son imposante stature.

Devant la vieille maison, les filles aperçoivent une grande limousine noire qui s'arrête dans l'allée. Le conducteur en descend.

– Ce sera quand vous voudrez, Monsieur Curtis ! lance-t-il.

– Êtes-vous *le* Monsieur Curtis ? demande nerveusement Barbie. Celui dont le nom est écrit sur la pancarte ?

– En effet. Et vous n'avez pas répondu à ma question.

– Des touristes ! lance Nichelle en hâte. Nous sommes des touristes. Nous prenons juste quelques images de notre voyage à New York. Nous, on vient de Californie. C'est très beau la Californie. Il y a du soleil presque toute l'année, mais il peut faire assez froid en hiver. La Californie, c'est un chouette État. Plein d'oranges !

Curtis continue à les fixer. Puis il se râcle la gorge, émet un grognement exaspéré et retourne d'un pas pesant vers la maison.

«Ouf!» font les deux filles en chœur, dès qu'il est à bonne distance.

— Rappelle-toi, dit calmement Nichelle, que nous n'avons rien fait d'illégal. Ne te laisse pas effrayer. Je me demande ce qu'il fait devant cette maison...

Tandis que Barbie et Nichelle l'observent, il frappe à la porte de la vieille maison. Dès qu'elle s'ouvre, il se met à crier. L'homme sur le seuil l'écoute pendant une minute, puis il lui claque la porte au nez.

— Je me demande de quoi il s'agit, dit Barbie en protégeant ses yeux de l'éclat du soleil.

— Peut-être devrions-nous rendre une visite à la personne qui vit là, suggère Nichelle.

— Peut-être qu'on devrait, approuve Barbie, en baissant le bras et en se tournant vers son amie. Peut-être qu'on devrait...

Chapitre 8

Un sujet à creuser

Une fois la porte refermée, Monsieur Curtis se dirige vers la limousine dans l'allée. Puis il hésite et lance un coup d'œil vers elles. Le soleil est déjà assez bas derrière lui, et on distingue mal l'expression de son visage. Mais Barbie et Nichelle peuvent la deviner.

Monsieur Curtis n'est pas content. Il attend que le chauffeur lui ouvre la portière. Puis, alors qu'il se penche pour monter à bord, il leur lance un dernier regard et secoue son énorme tête dégarnie.

– Ouf! fait Nichelle en voyant la voiture s'éloigner. Il m'a fichu la frousse. Je me demande ce qu'il va faire.

– À mon avis, il ne pense qu'à construire son immeuble. Il est contrarié par tous les obstacles qui se dressent sur son chemin.

– Comme nous! intervient Nichelle.

– Comme nous, approuve Barbie.

Elles se dirigent vers la maison de pierres brunes et

frappent. Un homme de couleur, assez âgé, ouvre rageusement la porte.

— Je vous ai pourtant dit... crie-t-il.

Quand il se rend compte que deux filles se tiennent devant lui, il hésite puis esquisse un sourire accueillant.

— Désolé, dit-il poliment. Je vous ai prises pour quelqu'un d'autre.

— Quelqu'un comme Monsieur Curtis ? dit Nichelle en riant.

— Vous l'avez vu ?

— En effet.

Le vieil homme soupire et tend la main.

— Bonjour, dit-il. Je m'appelle Ed Brook. Ce monstre veut que je lui vende ma maison. Ma maison ! J'y ai passé toute ma vie. C'est mon foyer. Mes parents y ont vécu avant moi. Et mes grands-parents. Je ne serais pas étonné que certains de mes ancêtres soient enterrés juste sous nos pieds. Et maintenant, Curtis veut que je l'abandonne pour qu'il puisse construire une autre tour horrible. Eh bien, je refuse. Il peut venir ici autant de fois qu'il voudra. Ses avocats peuvent m'envoyer des centaines de lettres. Il peut essayer tous les sales coups bas qu'il veut. Je vous le dis, j'aimerais avoir un moyen de lui régler son compte.

— Il y en a peut-être un, dit Nichelle. Et je crois que le cimetière en est la clé. Je parie que, si on trouvait le moindre vestige sur son terrain ou même sur le vôtre, juste à côté, il devrait attendre que les archéologues aient fini leurs fouilles.

– Et les retards coûtent cher, renchérit le vieil homme.

– Je ne serais pas triste pour lui, dit Nichelle, tandis que Barbie l'approuve avec vigueur. C'est un tyran, et il n'arrête pas de bousculer les gens.

Le vieil homme sourit.

– Je crois que nous devrions creuser, explique Nichelle. Nous devrions creuser pour trouver un objet qui prouve que le cimetière s'étend jusqu'au terrain de Monsieur Curtis. Alors, nous pourrions le présenter aux autorités de la ville.

– Je suis un peu vieux pour manier la pelle et la pioche, dit Monsieur Brook en riant. Mais vous, les filles, vous pouvez remuer mon terrain autant que vous le voulez. D'ailleurs, la clôture est brisée à certains endroits, si vous voyez ce que je veux dire. Ce n'est pas toujours facile de savoir dans quel terrain vous creusez. Ce peut être le mien comme ce peut être le sien.

Le vieil homme adresse un sourire à Nichelle.

– Il y a plein de choses intéressantes là-dessous, poursuit-il. Des boutons, des bagues, de la monnaie, des perles. Là où il y a des tombes, il y a des objets à trouver. Bonne chance à vous ! Mais vous feriez mieux de ne creuser que le matin. Curtis passe souvent dans l'après-midi, pour contempler son terrain et me harceler. Mais il se lève tard, et on ne le voit jamais avant midi.

Barbie et Nichelle remercient Ed Brook et promettent de revenir tôt le lendemain. Puis elles marchent jusqu'à l'hôtel de ville et prennent le métro en compagnie de la mère de Nichelle. Elles parlent de l'école, du journal et des boulots de mannequin de Nichelle. Mais personne ne mentionne Monsieur Curtis ni le cimetière. Nichelle trouve cela un peu étrange, étant donné que c'est la principale préoccupation de chacune.

— Veux-tu dîner avec nous ? demande Madame Watson alors que la rame entre dans la station. On va passer par quelques magasins, et tu pourras m'aider à choisir quelque chose de délicieux à cuisiner.

— Il faudra d'abord que je prévienne Sam et Terri, dit Barbie, mais ce sera avec plaisir. La meilleure chose à New York, ce sont toutes ces petites épiceries. En Californie, nous allons plutôt au supermarché. Mais c'est plus amusant ici.

Après que Barbie a fait son appel, elle passent à une boulangerie où elles achètent du pain aux olives et un pain de seigle. Puis, elles s'arrêtent dans une épicerie fine. Elles achètent trois sortes d'olives pour faire le bonheur de Nichelle, deux bocaux de cornichons et quatre sortes de fromage. «Au plus odorant, au mieux !» déclare Nichelle.

Elle achètent encore des fruits et des légumes dans un autre magasin. Quand, chargées de paquets, elles arrivent presque à la maison, Madame Watson se tourne vers Barbie et lui demande :

— Alors, qu'est-ce qui te ferait plaisir ? Viande ou poisson ? Ou peut-être es-tu végétarienne, je ne me rappelle plus.

— Ma mère m'appelle son ogresse toutes catégories, dit Barbie en riant. Parce que je dévore n'importe quelle nourriture, légumes, viande, poisson à l'exception des betteraves et des anchois. J'ai un gros problème avec les anchois.

Elle passent à la poissonnerie pour acheter des soles puis rentrent et cuisinent un festin. Elles ne sont que trois, car le docteur Watson est toujours à l'hôpital et Shawn a son entraînement de basket.

Le dîner est un régal.

Quand elles ont terminé, Nichelle et Barbie lavent la vaisselle puis montent dans la chambre de Nichelle pour utiliser l'ordinateur. Barbie vérifie son courrier électronique. Il y a une lettre de ses parents.

— Écoute ceci, dit-elle en lisant le courrier.

Concernant ta question au sujet de la datation des vestiges, commençons par les restes humains, les crânes, par exemple.

— Des crânes ? s'exclame Nichelle. L'idée de trouver des choses aussi concrètes ne lui a pas traversé l'esprit.

Barbie poursuit sa lecture.

On peut déterminer l'âge d'un crâne par la datation au carbone 14. Toutes les matières vivantes contiennent du carbone. Dans un corps, il se désintègre très lentement. On peut donc estimer l'époque de la mort en le mesurant. Quand nous fouillons ce que nous pensons être un cimetière et trouvons une tasse ou une poupée, nous présumons qu'il peut y avoir un squelette tout près. Donc, nous creusons un peu plus. Si nous ne trouvons ni

squelette, ni crâne, il faut conclure que la poupée ou la
tasse a été jetée là récemment. Nous espérons que cela
pourra te servir pour ton travail scolaire ou tout autre
usage. Bonne chance.

— Du carbone! dit Nichelle. C'est fascinant. Je me demande ce que nous allons découvrir là. Des poupées et des tasses? C'est incroyable.

Elle essaie de s'imaginer les familles qui auraient pu utiliser ces objets enfouis.

Barbie sourit avec satisfaction et s'appuie sur le dossier de sa chaise.

— J'ai hâte de m'y mettre, dit-elle. Si nous creusons et trouvons des ossements qui remontent au XVIIIe siècle? Ce serait fantastique.

— Je me contenterais d'un bouton, dit Nichelle. Il n'en faut pas plus pour prouver que Curtis essaie de bâtir sur le cimetière.

Barbie se lève et étire ses bras au-dessus de sa tête. Puis, elle se penche trois fois pour toucher ses orteils.

— J'ai hâte de commencer, répète-t-elle. Si on se donnait rendez-vous au Complexe Curtis à, disons, 9 h demain matin? Nous n'avons pas de cours demain, rappelle-toi. C'est une journée pédagogique. Pour une fois, nous avons congé quand le reste de la ville travaille.

— Nous devrions y aller plus tôt, dit Nichelle. Pour avoir plus de temps au cas où Curtis se montrerait à nouveau. Que penses-tu de 6 h 30? On aurait plein de temps pour creuser. J'ai toujours les pelles que nous avons utilisées pour le parc du quartier. Je les apporterai. On ferait bien d'aller se coucher. J'ai ma séance de photo demain après-midi, et je dois avoir le teint frais.

Elles sortent ensemble. La nuit est froide, mais le ciel forme une coupole d'étoiles scintillantes. Il est rare qu'on voie si bien les étoiles au-dessus de Manhattan. Les filles les observent avec fascination.

— Pense à ceci, Barbie, dit doucement Nichelle. Il y a 250 ans, ce sont nos ancêtres qui contemplaient ce même ciel. N'est-ce pas extraordinaire ?

Barbie ne répond pas. Elle est trop occupée à contempler les constellations, comme l'ont sans doute fait leurs grands-mères et leurs arrière-grands-mères, il y a bien longtemps.

Chapitre 9

Un trésor du passé

Nichelle est tellement excitée à l'idée de commencer les fouilles qu'elle arrive un quart d'heure trop tôt. Elle voit Barbie qui approche au bout de la rue et l'attend.

Quand Barbie arrive à hauteur de Nichelle, Monsieur Brook a déjà ouvert sa porte.

— Bonjour, Monsieur Brook! Salut, Barbie! lance Nichelle. Vous n'imaginez pas les regards que m'ont décochés les gens dans le métro parce que je portais ces pelles, dit-elle en pouffant de rire. Après tout, nous sommes à Manhattan, et il y a peu de raisons pour se balader avec des outils de jardin à l'aube, au mois de novembre.

Un solo de Sonny Rollins s'échappe par la porte ouverte.

— Je l'adore, dit Nichelle. Vous aimez le jazz?

— Entre et vois par toi-même, dit-il en souriant. Je mets la bouilloire sur la cuisinière.

Nichelle et Barbie suivent le vieil homme dans la maison. Quand Monsieur Brook entre dans la cuisine, Nichelle se dirige vers l'étagère qui porte sa collection de disques de jazz. Il y a là des piles et des piles de 33 tours, et la plupart des pochettes semblent être en parfait état.

— C'est renversant! s'exclame-t-elle.

— Quoi ça? répond Monsieur Brook.

— Vos disques! Vous permettez que j'y jette un coup d'œil?

— Bien sûr, vas-y. Certains datent de quand j'étais enfant.

Nichelle n'arrive pas à croire à cette collection. Il y a là les premiers enregistrements de Miles Davis, et elle n'en croit pas ses yeux en voyant qu'il a un ancien 33 tours de Zoot.

— Asseyez-vous, asseyez-vous! dit Monsieur Brook en entrant dans le petit salon. Il porte un plateau garni de tasses de thé fumantes, d'une assiette où s'empilent les muffins, le beurre et la confiture.

— Ainsi, tu aimes ce genre de musique? demande-t-il à Nichelle en lui tendant une tasse de thé.

— J'en suis folle! dit Nichelle en s'asseyant pour siroter le thé.

— Qu'est-ce que tu voudrais entendre?

— Zoot est mon favori, répond Nichelle.

— Le mien aussi! dit Monsieur Brook en se dirigeant vers l'étagère. Il dépose gentiment le 33 tours sur la platine et s'assied.

Tandis que la puissante musique de Zoot emplit la pièce, Nichelle regarde autour d'elle. Elle était tellement occupée à découvrir les disques qu'elle n'a pas remarqué les magnifiques trésors que recèle la petite pièce pimpante de Monsieur Brook. Les murs sont couverts de photos en noir et blanc et de beaux dessins de paysages, de bâtiments et de personnages. Nichelle dépose sa tasse et traverse la pièce pour aller examiner une des photos. C'est celle d'un très vieil homme.

– C'est mon grand-père, dit Monsieur Brook. Toutes ces photos sont celles de membres de ma famille. La plupart sont morts aujourd'hui, mais j'aime les voir là sur le mur jour après jour. Ils forment toujours ma famille, voyez-vous, où qu'ils soient.

– Pourriez-vous me parler de ceux-ci? demande Nichelle en se dirigeant vers les dessins.

Monsieur Brook se met à rire.

– Je devrais pouvoir le faire, puisqu'ils sont de ma main. Je dessine un peu. Je ne suis pas très doué, mais j'aime dessiner ce qui me tient à cœur. Ce bâtiment, par exemple, est celui où j'ai grandi. Et ce champ est l'image qui me reste de mes visites chez mon grand-père. Mais les visages... Eh bien, comme je l'ai dit, les visages de ceux que j'aime, c'est ce que je porte dans mon cœur. Parfois, je dois les laisser sortir et les coucher sur le papier.

Nichelle s'arrête devant le portrait d'une petite fille.

– C'est ma fille aînée, dit Ed Brook. Elle est bien plus grande que ça maintenant. Elle a deux enfants, mais elle s'est installée en Californie.

— C'est de là que je viens, dit Barbie.

Ils bavardent encore un peu, puis la conversation s'oriente vers leur affaire de ce matin.

— J'espère vraiment que vous trouverez quelque chose là-dessous, dit Monsieur Brook.

Nichelle s'assied et beurre un muffin.

— Je ne peux pas m'empêcher de penser aux gens qui sont enterrés dans ce cimetière, dit-elle. Je m'imagine ce que leur vie a pu être. Les chansons qu'ils chantaient, les histoires qu'ils racontaient.

— Je comprends, approuve Monsieur Brook. C'est une des raisons pour lesquelles j'aime vivre ici. Je pense à ces gens tout le temps.

Elles mangent leurs muffins sans parler, en écoutant Zoot. Quand elles finissent, Barbie et Nichelle se lèvent et remercient Monsieur Brook pour la collation. Puis, elles sortent et se dirigent vers la clôture.

Pour Nichelle, c'est un moment très spécial de la vie à Manhattan. Elle adore le petit matin. Il est trop tôt pour que les rues soient remplies de gens allant à leur travail, et la circulation est calme. Cette journée en particulier semble douce, calme et paisible, tandis qu'elles plongent leur pelle en terre pour remuer le sol. Elle travaillent au pied de la clôture, du côté de Monsieur Brook. Sur le terrain de Curtis, elles peuvent voir des gravats. C'est tout ce qui reste du garage qui occupait autrefois la parcelle.

Elles creusent le sol tandis que le soleil se lève dans le

ciel en réchauffant l'air de ce matin d'hiver. Elles sont sur le point d'abandonner quand Nichelle touche quelque chose de dur. Elle lâche sa pelle et se laisse tomber à genoux pour gratter la terre avec ses ongles.

– Qu'est-ce qu'il y a? crie Barbie. Tu as trouvé quelque chose?

Elle court vers Nichelle, qui lui indique du doigt un étrange objet grisâtre.

– Qu'est-ce que c'est? demande Barbie.

– Je pense que c'est un os d'animal, dit Nichelle. Filme-le pendant qu'il est encore en place, puis quand je le dégagerai, d'accord? Moi, je prendrai des photos.

– Entendu! dit Barbie, tandis que Nichelle commence à enlever soigneusement la terre tout autour de l'os.

Ensuite, elle le pose doucement sur le côté.

Avec un enthousiasme renouvelé, elle se remet à creuser. Une heure plus tard, elle découvre un autre objet enfoui.

– Barbie, viens voir! crie-t-elle.

– On dirait un vase ou quelque chose comme ça, dit Barbie en rejoignant son amie.

Elle se penche pour filmer Nichelle qui dégage l'objet.

– C'est si vieux que ça tombe presque en miettes, dit-elle. Ma foi, il est vraiment long!

– C'est ce que je me disais aussi, approuve Nichelle. Et regarde où je l'ai trouvé. La moitié se trouve sur le terrain de Monsieur Brook...

— Et l'autre sur le terrain de Curtis! crie Barbie, avant de plaquer sa main sur sa bouche.

— Nous devrions le remettre à un représentant des autorités immédiatement! dit Nichelle, très excitée. Avec l'os, ça peut constituer une preuve concluante.

— Oui, mais à qui? demande Barbie.

Nichelle jette un coup d'œil à sa montre.

— Je crois qu'il est temps de parler à ma mère. Partons dès que tu auras fini de filmer.

Quand Barbie a fini ses prises de vue, elles laissent leurs pelles chez Monsieur Brook et emballent leurs découvertes dans les vêtements propres qu'elles ont apportés pour se changer. Une fois le vase et l'os soigneusement rangés dans le sac à dos de Nichelle, elles se hâtent vers l'hôtel de ville.

— Tu as peur? demande Barbie en cours de route.

— Heu... oui! admet Nichelle. Je devrais peut-être préparer ce que je vais lui dire.

Elle s'entraîne donc à paraître très raisonnable face à Barbie, qui joue le rôle de Madame Watson. Mais, dès qu'elles arrivent, l'émotion la submerge, et le discours pondéré est vite oublié.

— Tu ne vas pas me croire! crie Nichelle à bout de souffle, en faisant irruption dans le bureau de sa mère.

Madame Watson relève la tête et fronce les sourcils. Nichelle et Barbie s'immobilisent et regardent autour d'elles. Cinq hommes les regardent avec une curiosité amusée.

— Soyez les bienvenues, dit l'un d'eux.

Nichelle reconnaît Monsieur Evans, celui qui menaçait sa mère dans le couloir.

— Maman ! supplie Nichelle sans lui prêter attention. Pourrions-nous te parler un instant, s'il te plaît ? C'est vraiment important !

Madame Watson repousse sa chaise, s'excuse et suit Nichelle et Barbie dans le couloir.

— Tu as intérêt à ce que ce soit important ! murmure-t-elle. Nous tenons une réunion au sommet au sujet de l'aménagement d'un quartier de Brooklyn.

Nichelle sort précautionneusement le vase et l'os de son sac à dos et les présente à sa mère.

— Nous les avons déterrés près du Complexe Curtis, murmure-t-elle. Le vase était en partie dans son terrain. Nous pensons qu'ils doivent provenir du cimetière africain. Ce qui signifie qu'ils ne peuvent pas construire cet immeuble, pas vrai ?

— Vous les avez quoi ? crie-t-elle.

Elle semble tout à la fois intéressée, énervée et très, très ennuyée.

— Nous les avons déterrés, répète Nichelle. Je sais que nous ne sommes pas de grandes archéologues ou quoi que ce soit, mais les bulldozers allaient quand même tout dévaster. En les testant au carbone 14, on peut déterminer leur âge, n'est-ce pas ?

Le visage de Madame Watson s'adoucit quelque peu.

— C'est incroyable, admet-elle. Où les avez-vous trouvés exactement ?

De toute évidence, l'idée qu'elle pourrait avoir un

moyen d'arrêter Curtis a balayé sa contrariété.

Nichelle sourit avec soulagement. Elle a eu peur que sa mère soit vraiment furieuse.

— Il y a une belle petite maison de pierres brunes près du terrain de Curtis. Un certain Ed Brook l'habite.

— Bien sûr, je connais Ed. Nous avons souvent parlé ensemble. Que vient-il faire là-dedans ?

— Il te montrera l'endroit exact où nous avons fait nos découvertes, dit Nichelle.

Madame Watson passe un bras autour des épaules de sa fille, l'autre autour de Barbie et elle les serre contre elle.

— Je les ferai tester aujourd'hui même, dit-elle. Nous n'avons pas le temps de suivre la procédure habituelle. Nous aurons le résultat très vite. Je vous préviendrai dès que j'aurai des nouvelles.

Un sourire plein de fierté aux lèvres, les deux filles se mettent à parcourir le long et vaste couloir. Elles sont à mi-chemin de l'escalier quand Madame Watson les rappelle.

— Oh, à propos... Vous pourriez peut-être faire une halte dans les toilettes des dames pour vous rafraîchir. Vous êtes un peu crottées.

Nichelle et Barbie lui font un signe en riant et s'engouffrent dans les toilettes. Quand Nichelle se voit dans le miroir, elle en croit à peine ses yeux. « Crotté » est un euphémisme pour qualifier leur aspect.

— Pouah ! fait Nichelle. Et nous avons utilisé nos vêtements propres pour emballer les objets !

Chapitre 10

Un jour parfait

Nichelle et Barbie pensent à prendre une douche et décident d'aller chez Lara, car c'est elle qui vit le plus près de l'hôtel de ville.

Nichelle se lave les mains dans le lavabo des toilettes, lève les yeux vers le miroir et dit en riant :

– Nous sommes si sales qu'ils vont nous expulser du métro.

Le bas de Manhattan s'anime tandis qu'elles se hâtent vers la station. Personne ne les fait descendre de la rame parce qu'elles sont sales, mais certains employés de la Bourse tirés à quatre épingles les regardent de travers. Au début, Nichelle se sent embarrassée. Puis, elle se rappelle pourquoi elles sont sales et décide de concentrer ses pensées là-dessus.

– Rends-toi compte, Barbie, dit-elle. Si cet os est aussi vieux que nous l'espérons, ce sera fantastique.

Un homme très élégant en face d'elles les regarde en grimaçant. Nichelle est tentée dc lui parler des pelles, du vase et de l'os qu'elles croient dater du XVIIIe siècle.

73

Mais elle préfère s'abstenir. Après tout, c'est toujours un secret.

À 9 h, elles frappent à la porte de Lara.

Elle leur ouvre, l'air endormi, et sursaute en les voyant.

— Que vous est-il arrivé? s'écrie-t-elle. Vous avez joué dans la boue?

Nichelle sourit.

— Quelque chose comme ça, dit-elle. Mais je n'appellerais pas ça un jeu. On peut entrer?

— Bien sûr, dit Lara. Chelsie est ici. Elle est restée pour la nuit. N'est-ce pas génial d'avoir un jour de congé?

Lara emmène Nichelle et Barbie dans sa chambre et se laisse tomber sur le lit d'appoint à côté de Chelsie.

Chelsie grogne et se retourne. Elle ouvre lentement les yeux, aperçoit les deux filles couvertes de boue qui se tiennent devant elle et se redresse brusquement.

— Mais qu'est-ce qui vous est arrivé? demande-t-elle en se frottant les yeux.

— Nous avions un sale travail à faire, dit Nichelle en riant.

Elle se tourne vers Lara.

— Tu permets qu'on utilise ta douche? demande-t-elle.

— Je vous en prie! dit Lara.

— Mais quand vous aurez fini, intervient Chelsie, vous feriez bien de nous dire ce qui se passe. Ou est-ce que ça fait partie du grand secret? Je sais! Vous avez creusé dans le cimetière africain avec des cuillères à café en argent. C'est ça?

Nichelle se dirige vers la douche en riant.

— On va te raconter ça, lance-t-elle en ouvrant le robinet. Mais toute l'affaire est trop fantastique pour qu'on l'exprime avec des mots.

Quand c'est le tour de Barbie d'être sous la douche, Nichelle parle à Chelsie et Lara du vase. Puis elle leur fait jurer de garder le secret.

— Je pourrais dévorer une montagne! s'exclame Lara. Que diriez-vous d'un petit-déjeuner? Ma mère est partie tôt ce matin. La cuisine est à nous.

Lara prépare une pile de crêpes aux mûres. Les filles se rassemblent autour de la grande table en bois de la cuisine pour les dévorer. Elles sont succulentes!

— Tu m'étonneras toujours, Lara! dit Barbie entre deux bouchées. Tu sais tout faire.

— Barbie a raison, approuve Nichelle. Ces crêpes sont délicieuses. Je ne savais pas que tu étais aussi une artiste dans la cuisine.

— Le talent jaillit du bout de mes doigts! lance Lara en plaisantant. Tout ce que je touche se change en œuvre d'art.

— Oh, je t'en prie! gronde Nichelle. Tu as des dons artistiques, soit. Mais n'exagère pas trop.

— Je vais faire la vaisselle, dit Chelsie quand elles ont terminé.

Mais Lara insiste pour l'aider, et Barbie et Nichelle l'imitent. Tandis qu'elles sont à l'œuvre, les pensées de Nichelle dérivent vers sa prochaine séance de photo.

— Je ferais bien de me reposer un peu avant cet après-midi, dit-elle en remettant le torchon sur le crochet. Croyez-le ou non, je n'ai plus du tout pensé à ma séance de photo, à cause de l'os.

— De l'os ? s'écrie Chelsie. Quel os ?

Nichelle rit et enfile sa veste.

— Je crois que j'ai oublié d'en parler, dit-elle à son amie. Mais ne crains rien : nous te raconterons tout en détail tôt ou tard.

Nichelle leur dit au revoir et ferme doucement la porte derrière elle.

Peut-être va-t-elle marcher un peu ? C'est bon d'avoir, pour une fois, un peu de temps pour elle seule.

Elle marche pendant une petite demi-heure avant de prendre le métro pour Harlem. La journée s'annonce fraîche mais belle et elle veut en profiter. À vrai dire, elle ne se sent même pas fatiguée, ce qui est étrange puisqu'elle est debout depuis 5 h du matin. Peut-être est-ce dû aux crêpes de Lara ou alors, à l'excitation causée par leurs découvertes ?

Un sourire flotte sur ses lèvres. Elle sourit tout le long du chemin et remarque que les gens lui sourient en retour. C'est agréable.

Quand elle rentre chez elle, elle monte s'étendre sur son lit. Elle sourit toujours en s'endormant et, quand elle se réveille quelques heures plus tard, elle se sent toujours aussi heureuse.

Sa grand-mère sonne à la porte une heure et demie avant le début de la séance de photo. Nichelle est déjà prête.

– C'est une magnifique journée, dit joyeusement Mady. Je suis venue à pied.

La grand-mère de Nichelle aime généralement prendre le bus. «Je préfère être à l'extérieur», répond-elle, quand Nichelle suggère qu'elles prennent le métro. «J'aime regarder les gens et sentir le soleil.»

Elles prennent le bus pour le bas de la ville et, quand elles atteignent le parc, le soleil brille, et tout le monde paraît heureux de les voir.

L'assistante du photographe les salue et les conduit à la caravane. Quand Mady est installée dans un coin, le coiffeur vient s'occuper de Nichelle. Le maquilleur lui succède.

– Tu auras quelques superbes tenues de printemps à présenter aujourd'hui, dit l'assistante. Des shorts, des T-shirts et une jolie robe rose.

Nichelle frissonne. C'est une belle journée ensoleillée mais, après tout, on est toujours en hiver.

L'assistante semble lire dans ses pensées.

– Ne t'inquiète pas, dit-elle en riant. Tu ne devras pas attendre dans le froid. Tout sera prêt avant que tu ne sortes de cette caravane douillette. Tu ne resteras dehors que quelques minutes.

La séance est parfaite, comme l'a été le reste de la journée. Tout le monde se montre aimable avec elle et, quand tout est terminé, on la complimente sur son attitude.

– C'est un plaisir de travailler avec toi, dit l'assistante. Nous te rappellerons très bientôt.

— Elle a raison, tu sais! dit Mady tandis qu'elles quittent le parc. Tu es vraiment très bien et tu recevras encore beaucoup d'appels, si ça t'intéresse toujours.

— Bien sûr que ça m'intéresse, Mady! dit Nichelle. J'adore le travail de mannequin.

Mady prend la main de Nichelle et la presse dans la sienne.

— Je suis sûre que ça marchera, dit-elle. Tu es très photogénique. Je suis impatiente de voir les clichés.

— Tu viendras dimanche, n'est-ce pas? demande Nichelle. Tout le monde sera là. Shawn a promis de ne pas toucher un ballon de basket. Et papa s'est arrangé pour que quelqu'un s'occupe des urgences.

Mady sourit.

— Je ne raterais ça pour rien au monde, dit-elle. C'est un véritable événement.

Et ç'a été tout un événement! Chacun a tenu sa promesse. Le téléavertisseur du docteur Watson n'a pas sonné une seule fois, et la mère de Nichelle a débranché le téléphone pour que Shawn et elle consacrent toute leur attention à la famille.

La journée se déroule idéalement. Nichelle allume un feu dans la cheminée du salon pendant que ses parents préparent un repas typique du Sud, avec de la salade de pommes de terre, des épis de maïs, des légumes et du rosbif. Après le déjeuner, ils jouent à des jeux de société. Nichelle bat son père et son frère la plupart du temps.

Chapitre 11

Debout, Barbie et Nichelle!

— Où en est l'article sur le cimetière africain? demande Monsieur Toussaint quelques jours plus tard.

Nichelle et Barbie sont allongées sur le sol du local 712 où elles finissent leur travail de biologie. Elles lui ont tout raconté sur leur grande découverte sur le site du Complexe Curtis, et il s'est montré très enthousiaste. Elles ont décidé de rédiger l'article ensemble, mais elles ne peuvent pas tout lui révéler.

— Tout reste en suspens, lui dit Nichelle. Nous attendons toujours le résultat des tests.

— Des tests?

Nichelle acquiesce sans s'expliquer davantage. Elle est consciente d'entretenir le mystère, mais elle ne peut pas parler du test au carbone 14 qui doit être effectué sur l'os. Pas encore. Pas tant que Monsieur Curtis ignore ce qu'elles ont trouvé.

Plus d'une semaine s'est écoulée depuis qu'elles ont

trouvé l'os et le vase. Les premiers jours, Nichelle a supplié sa mère d'appeler, d'écrire, d'insister et de crier pour obtenir plus rapidement les résultats du test. Mais Madame Watson s'est contentée de rire.

— De toute évidence, tu ne connais pas le fonctionnement du labo de la ville de New York, a-t-elle dit. Tu peux crier et hurler tant que tu veux, ça ne servira à rien. Ils finiront quand ils finiront, Nichelle. Il faut faire preuve de patience.

Nichelle a accepté de faire un effort et, avec les jours qui passent, elle pense moins à ce fameux test. Mais Monsieur Toussaint n'arrête pas de demander des nouvelles de l'article.

« Nous devrions avoir fini bientôt », voilà la seule réponse qu'elle peut lui donner. Monsieur Toussaint semble s'en contenter, mais Nichelle commence à se demander combien de temps cela suffira.

Nichelle termine son travail et marche jusqu'à l'hôtel de ville pour y rejoindre sa mère. La porte du bureau de Madame Watson est fermée quand elle arrive. Elle laisse donc tomber son sac à dos par terre et s'assied à côté.

« J'espère que ce ne sera pas une trop longue réunion », pense Nichelle. Elle est épuisée. Il s'est passé trop de choses récemment. Trop de devoirs, trop de séances de photo. Il lui faut une bonne nuit de repos.

Les bruits de pas étouffés au long du grand couloir ont un effet hypnotique. Très vite, Nichelle tombe endormie, la tête sur son sac, recroquevillée dans la position du fœtus. Si elle était restée éveillée, elle aurait pu voir le soleil descendre derrière les fenêtres et le couloir se peupler d'ombres mystérieuses.

Nichelle fait un rêve étrange où se mélangent toutes sortes d'images. Ed Brook est là, quelqu'un joue du saxophone, Monsieur Curtis se tient derrière un chevalet. Nichelle voit qu'il dessine un énorme chat gris aux yeux mi-clos. Tandis qu'il continue le croquis, le chat ouvre la bouche et dit quelque chose comme « encore ».

Nichelle se redresse brutalement. Tandis qu'elle regarde autour d'elle, essayant de comprendre où elle est, la porte du bureau de sa mère s'ouvre brusquement, et Monsieur Evans en sort, l'air furieux. Il est si pressé de partir qu'il ne remarque même pas Nichelle, étendue par terre à côté de lui.

Il trébuche sur son sac à dos et évite de justesse de trébucher sur Nichelle elle-même. Effrayée, elle se tasse contre le mur.

— Oh, bravo ! bougonne Monsieur Evans en se redressant. Il ne manquait plus que ça : une adolescente qui campe dans les couloirs de l'hôtel de ville. Vous n'avez pas un autre endroit pour dormir, Mademoiselle ?

Nichelle s'excuse en se levant d'un bond, mais il n'y prête pas attention. Il la congédie d'un geste nerveux et s'éloigne à grands pas.

Quelques secondes plus tard, Madame Watson sort, suivie du maire de New York. Dans un premier temps, il ne remarque pas non plus Nichelle. Il est trop occupé à sourire et à serrer la main de sa mère.

— Je crois que vous connaissez ma fille, dit Madame Watson.

Le maire se tourne et salue chaleureusement Nichelle.

— Vous pouvez être fière de votre mère! dit-il. Il semble bien qu'elle vient de sauver un des plus importants sites historiques de New York.

— L'os! C'est l'os! s'exclame Nichelle. Il a fourni la preuve!

— En effet, confirme Madame Watson en riant.

Le test au carbone 14 prouve que c'est un os de chien qui se trouve là depuis le XVIIIe siècle. Je suis sûre qu'on trouvera beaucoup d'autres ossements enfouis là.

— Hourra! crie Nichelle en faisant des bonds.

Le maire semble assez déconcerté, comme si la jeune fille venait de devenir folle au beau milieu de son hôtel de ville.

Madame Watson rit plus fort.

—Voyez-vous, Monsieur le maire, explique-t-elle, c'est Nichelle et son amie qui ont sauvé le site d'ensevelissement. Elles ont exhumé l'os, l'ont apporté ici et ont patiemment attendu les résultats. Les remerciements leur reviennent.

— Eh bien, je vous remercie! dit le maire. L'administration vous remercie. La population de New York vous remercie. J'aurais voulu qu'on porte cette affaire à mon attention plus tôt.

— Et Monsieur Curtis? demande ironiquement

Nichelle. Je parie qu'il ne me remerciera pas.

Le maire sourit.

– Non, je doute qu'il vous soit très reconnaissant. Mais cela n'a pas d'importance. Il n'aura qu'à attendre la fin des fouilles ou à construire ailleurs. Je connais ce cher Curtis. La semaine prochaine, il demandera un permis pour ériger un autre immeuble sur un autre terrain. Il est, dirons-nous, plein de ressources. Quant à Monsieur Evans, nous aurons une petite discussion au sujet de sa conduite peu professionnelle.

Le maire remercie une dernière fois Nichelle et s'apprête à regagner son bureau.

– Nous allons faire un exposé au sujet de tout ceci devant notre classe, dit Nichelle. Et on se demandait si, peut-être, vous voudriez venir. Ce devrait être assez intéressant.

– Quand cela se passera-t-il? demande le maire.

–Vendredi. Vendredi à 8 h 30, dans la classe d'histoire de Monsieur Budge à la M.I.H.S.

– Je serai là, promet le maire. Mais là où je vais, la presse me suit. Vous feriez mieux d'utiliser l'amphithéâtre.

Quand Nichelle rentre chez elle, elle se précipite vers le téléphone, appelle Barbie et lui raconte les nouvelles.

– À 8 h 30 vendredi matin, dit-elle.

– Tu es folle? Vendredi! Il ne reste que trois jours, et on a plein de devoirs... Et maintenant, on va devoir mettre au point une présentation multimédia. En trois jours!

— On peut le faire! l'assure Nichelle en riant. Nous sommes super, rien ne nous résiste! Tu peux venir pour commencer tout de suite? Mon voisin a du matériel de montage qu'on peut lui emprunter.

— Je suis déjà en route! l'interrompt Barbie. Sers-moi une limonade, et j'arriverai avant que les glaçons ne fondent.

Barbie et Nichelle travaillent sur l'ordinateur jusqu'à 23 h. Quand elles s'arrêtent, elles ont déjà l'ébauche de leur «folie multimédia» qui comprendrait des diapositives, des extraits de film et des commentaires brillants et un peu fous qu'elles formuleront à tour de rôle.

Nichelle fait développer ses photos pour le lendemain, mercredi, et, le même soir, elles travaillent au montage jusqu'à minuit.

Jeudi soir, veille de la présentation, elles prennent place à tour de rôle dans le coin de la chambre de Nichelle pour répéter.

— Il faut maintenir une certaine tension, suggère Nichelle après qu'elles ont répété l'exposé sur l'histoire du site d'inhumation africain. Essayons d'en faire un suspense, du genre «réussiront-elles ou non à sauver la situation?» ou quelque chose comme ça.

— D'accord, essaie de nouveau.

Nichelle parle de leur excursion dans le bas de la ville et du moment où elles ont aperçu la maison de pierres brunes. Elle hésite.

— Est-ce que ça paraît palpitant?

– J'en grimpe sur ma chaise ! plaisante Barbie.

– Maintenant, il faut passer le film sur l'os, dit Nichelle. Je ferai en sorte que chacun se demande de quel type d'os il s'agit. Celui d'un cochon ? Ou d'une girafe ?

Elles font une pause et Nichelle appelle Chelsie.

– Salut, dit-elle quand son amie décroche. Je t'appelle pour savoir comment tu te sens.

– Je me sens très bien, répond Chelsie. Pourquoi ?

– Je voulais m'assurer que tu n'étais pas malade ou quelque chose du genre.

– Non, Nichelle, je vais bien. Pourquoi ?

– En fait, je vous appelle pour être sûre que vous serez toutes là demain matin. Barbie et moi, on a besoin de vous. Où seras-tu assise ?

Chelsie se met à rire.

– Je commence à comprendre, dit-elle. On essaiera de se lever tôt pour pouvoir occuper le premier rang, d'accord ? Tu es un peu nerveuse ?

– Je crois que oui, admet Nichelle. « Paniquée » serait le mot juste. Eh bien, bonne nuit. Surtout, ne te lève pas trop tard !

À minuit, Nichelle et Barbie sont si fatiguées qu'elles peuvent à peine garder les yeux ouverts. Barbie reste à dormir et, au matin, elles partent pour l'école à 7 h. Il leur reste beaucoup de travail à faire avant que le maire et la presse n'arrivent à l'amphithéâtre.

Chapitre 12

La bonne étoile de Nichelle

Nichelle jette un coup d'œil au public rassemblé dans l'amphitéâtre et frissonne. Le sang bat dans ses oreilles comme un énorme tambour : boum, boum, boum. Malgré elle, elle se sent terrifiée. Elle a déjà parlé en public et elle a joué dans quelques pièces. Mais cette fois-ci, c'est différent. C'est un événement majeur.

La salle déborde de monde. Dès qu'on a entendu dire que le maire assisterait à un exposé concernant «les dernières découvertes concernant le site d'inhumation africain», l'affaire a tourné au véritable cirque.

Nichelle ne comprend pas pourquoi elle est si tendue. Elle n'a aucun problème face à un appareil photo. Peut-être est-ce le fait de devoir parler devant le maire de New York et une foule de journalistes.

Le plan, c'est que Nichelle ouvre le programme, puis que Barbie montre ses films. Nichelle se chargera de la conclusion quand tout le monde sera curieux de connaître l'issue du suspense.

Nichelle adresse un sourire à sa mère, assise au premier rang avec Mady, Shawn, le maire et plusieurs hommes en costume et cravate. Malheureusement, son père est de garde ce matin.

La presse est rassemblée en petits groupes de l'autre côté de l'amphithéâtre. Certains portent des caméras, d'autres des magnétophones. Quelques-uns se contentent de crayons et de carnets de notes. Nichelle suppose que chaque petit groupe représente un journal ou un magazine différent, et cette pensée la rend encore plus nerveuse.

Que fait-elle donc ici?

Pourquoi diable s'est-elle mêlée de cette affaire?

Et où sont ses amies, son clan de supporters?

Elle scrute la pièce, cherchant Lara, Chelsie, Ana et Tori, mais elle ne les aperçoit nulle part.

Où sont-elles?

À ce moment, elle entend crier son nom quelque part au fond de l'amphitéâtre. Elles ont dû arriver trop tard pour obtenir des places à l'avant.

— Nichelle, Nichelle! crie Ana. Ici au fond!

Nichelle les aperçoit, bondissant sur leurs sièges du dernier rang et agitant les bras en l'air.

Elle leur fait signe de se rapprocher et elles quittent leur place pour venir s'asseoir par terre, au pied de la scène, juste devant le maire.

— N'est-ce pas merveilleux? dit Chelsie à mi-voix. C'est vraiment fabuleux. Salut, Nichelle! Tu es toujours aussi nerveuse?

— Promettez-moi de ne pas bouger, dit Nichelle. Ne quittez pas cette place ! Nous avons absolument besoin de vous à cet endroit précis.

— Regarde, Nichelle ! dit Barbie derrière elle.

Nichelle se retourne.

— Là, dans le coin, appuyé au mur. Tu le vois ?

Nichelle regarde dans la direction que Barbie pointe du doigt. Ed Brook se tient là. Il les regarde en souriant d'un air bienheureux. Quand il se rend compte qu'elle l'a vu, il lève la main et la salue. Nichelle le salue à son tour. Puis elle se tourne vers Barbie.

— Tu l'as prévenu ? demande Nichelle.

Barbie hoche la tête.

— Je voulais te faire la surprise, dit-elle. Et je savais qu'il tiendrait à venir.

Soudain, comme par magie, le calme se fait dans la salle. Tout le monde, même les étudiants, arrêtent de parler et un silence terrifiant règne dans l'amphithéâtre.

Nichelle sent son corps se raidir. Elle ouvre la bouche pour parler, mais ne trouve absolument rien à dire. Pour la première fois de sa vie, son esprit est paralysé.

Alors, un miracle se produit. Soudain, elle se sent très bien. Elle sait qu'elle va parfaitement s'en tirer, sans aucun problème.

— Bienvenue à tous, déclare-t-elle. Nous sommes ici pour vous parler du site d'inhumation africain et de notre récente découverte. Tout a commencé avec un homme nommé Ed Brook. Monsieur Brook, voudriez-vous lever la main ?

Ed Brook s'avance d'un pas et salue l'assistance d'un geste.

– Monsieur Brook est le propriétaire d'une petite maison en pierre située en bordure du cimetière africain.

Nichelle se tourne et adresse un signe du menton à Barbie.

Barbie est prête. Elle allume la télé et passe la vidéo qu'elle a tournée. La bande est parfaite et le montage impeccable. Quand Barbie arrête la projection, le public applaudit.

Elles montrent les diapositives et l'interview d'Ed Brook, puis Nichelle relance le suspense en annonçant les preuves.

Quand les photos que Nichelle a prises de l'os et du vase apparaissent sur l'écran, une rumeur d'enthousiasme s'élève du public. Tori et Ana lancent des coups de sifflet qui retentissent dans la salle et font rire tout le monde. Nichelle a fait monter la tension et quand la surprise apparaît, tout le monde applaudit.

Le public applaudit toujours quand Nichelle remarque un homme imposant debout près de la porte du fond. Elle se penche pour donner un coup de coude à Barbie.

– Regarde, murmure-t-elle. Au fond de la pièce... Tu vois la même personne que moi ?

Nichelle se demande quand Monsieur Curtis est entré. Elle tente de déchiffrer l'expression de son visage. Mais, à cette distance, c'est impossible.

Elle ont bien veillé à ne pas prononcer son nom, mais la pancarte « *Complexe Curtis* » apparaît clairement dans le film de Barbie. Nichelle se demande ce qu'il ressent au sujet de toute l'affaire. Mais elle devine qu'il n'est pas très satisfait.

Elles ont bloqué la construction de son immeuble. Et il perd beaucoup d'argent.

Tandis que les applaudissements s'éteignent, Curtis secoue la tête, tourne les talons et quitte l'amphitéâtre. Pendant une fraction de seconde, Nichelle éprouve presque de la pitié pour lui.

Après son départ, elle reste assise en silence un moment, réfléchissant à ce qu'elles ont accompli. Puis, elle se lève et rejoint Barbie à l'avant de la scène.

– Merci d'être venus, dit-elle d'une voix forte et pleine d'assurance. Nous espérons que vous visiterez le site et, s'il vous plaît, respectez l'histoire de tous les habitants de cette grande cité.

Quand elles ont terminé, Nichelle et Barbie sautent de la scène pour rejoindre Madame Watson, le maire et Lara, Ana, Chelsie et Tori. Ed Brook vient vers elles et les remercie toutes avant de s'en aller, un sourire aux lèvres. Sa maison est sauve, changée en véritable monument historique.

– Eh bien, jeunes filles, dit Monsieur Budge en les rejoignant, cela va vous valoir un confortable boni de points. Je suis sûr que vous en serez ravies.

Nichelle et Barbie le remercient et vont s'asseoir au premier rang. Nichelle ne peut s'empêcher de se sentir absolument merveilleuse. Le soir, elle ira dormir et, le lendemain, Barbie et elle écriront leur article pour le magazine. Tori les aidera à diffuser leurs informations sur le réseau et tout sera terminé.

Elle ressent une soudaine tristesse. Elle va regretter que tout soit fini.

Une après l'autre, ses amies défilent pour l'embrasser. Chacune, à sa façon, est très spéciale. Lara, généreuse et artiste ; Ana, franche et athlétique ; Tori, passionnée et amusante ; Chelsie, gentille et poète. Elle les aime toutes.

– À propos, Nichelle... dit sa mère quand elles se trouvent seules après que tout le monde est parti. On a livré ceci à la maison après ton départ. Je pense que ce sont tes épreuves.

Le cœur de Nichelle se remet à battre plus fort. L'enveloppe provient de *Teen Style*.

Elle emporte l'enveloppe un peu à l'écart pour l'ouvrir seule. Elle regarde rapidement les photos, puis les examine de plus près, une par une. Elle s'y voit en maillot de bain, en short, en petite robe.

Nichelle est satisfaite de son image. Oui, elle se trouve très bien.

– Alors ? lance sa mère derrière elle. Comment sont-elles ?

Nichelle se retourne et hausse les épaules. Elle ne sait pas bien quoi dire et se contente de tendre l'enveloppe à sa grand-mère. Elle attend que Mady, qui sourit avec fierté, les ait parcourues.

– Je pense qu'elles sont merveilleuses, dit Madame Watson. Absolument magnifiques. Tu es née sous une bonne étoile, Nichelle Watson.

«Oui, je suis née sous une bonne étoile! se dit Nichelle. Une étoile dont la trajectoire est folle et magnifique...»

Ce soir-là, elle se couche à 20 h et s'endort cinq minutes plus tard. Elle fait des rêves merveilleux.

Chère Niecy,

Merci d'avoir répondu si vite. Je savais que tu n'en voudrais pas à ta cousine adorée.

Tant de choses se sont passées depuis que j'ai écrit que je ne sais pas par où commencer. Je ne peux pas entrer dans tous les détails parce que je dois me préparer pour une séance de photo. Je me contenterai de dire que j'ai appris beaucoup de choses sur moi-même et ce que je peux faire dans ce monde. Et, ma vieille, je crois que j'ai du pain sur la planche.

Merci de m'avoir invitée à New Orleans. Je serai ravie de venir. Reste à savoir quand et comment. Si je peux arranger ça avec mes parents, j'arrive. Ou alors, tu pourrais venir ici à New York? La ville est tout le contraire de New Orleans, mais elle est géniale. Quelle chance on a de vivre dans les deux plus chouettes villes des États-Unis!

Bisous,

Nichelle

TOURNE LA PAGE POUR
DÉCOUVRIR LE DERNIER
REPORTAGE DU JOURNAL
GENERATION BEAT

GENERATI✶N BEAT

DES ÉTUDIANTES DE LA M.I.H.S. DÉCOUVRENT DES VESTIGES HISTORIQUES ET SAUVENT UN ANCIEN SITE D'INHUMATION

En conférence de presse vendredi matin, deux étudiantes ont présenté un impressionnant document multimédia montrant comment un pan de l'histoire de New York a failli disparaître sous des tonnes de béton.

Nichelle Watson et Barbie Roberts ont montré une vidéo et des diapositives et raconté leur étonnant combat pour sauver le site d'inhumation africain du bas de Manhattan, menacé de disparaître sous un nouvel immeuble à bureaux de Bruce Curtis.

Les deux courageuses étudiantes ont relaté leur course contre la montre pour prouver que le site remontait effectivement au XVIIIᵉ siècle. Elles ont effectué des fouilles dans le jardin d'Ed Brook, qui vit en bordure du site.

Ces fouilles ont mené à une étonnante découverte : un os ! Les tests effectués par le service de Grace Watson, mère de Nichelle et spécialiste de la protection du patrimoine, ont prouvé que cet os provenait du squelette d'un chien datant bel et bien du XVIIIᵉ siècle.

Cette découverte a amené le maire à suspendre le permis de construction de Monsieur Curtis. À cause de l'importance du site, on y arrêtera le développement immobilier. Le site d'inhumation africain sera protégé, grâce à Nichelle et Barbie, deux des plus brillantes étudiantes de la M.I.H.S.

COMMENT RÉDIGER UN TRAVAIL POUR L'ÉCOLE OU ÉCRIRE UN ARTICLE POUR UN JOURNAL

Recherche d'information

Que vous rédigiez un travail pour l'école ou un article pour un journal, un des meilleurs outils que vous pouvez utiliser est Internet.

De nombreuses écoles sont sur le Web, la plupart des bibliothèques sont accessibles et beaucoup de foyers disposent d'ordinateurs. Si vous êtes capable de vous en servir pour effectuer vos recherches, vous pourrez vous documenter sur n'importe quel sujet en suivant une méthode assez simple.

N'utilisez pas Internet n'importe comment

Vos parents voudront sans doute installer un programme qui bloque l'accès à certains sites pour adultes. Internet étant utilisé par les jeunes comme par les adultes, il vaut mieux éviter certains sites! Établissez aussi, avec vos parents, des règles au sujet des heures où vous pourrez utiliser l'ordinateur.

Utilisez un moteur de recherche

Quel que soit le sujet qui vous intéresse, il figurera sur les listes d'un des principaux moteurs de recherche. Cliquez sur le terme « recherche » qui se trouve sur la barre des menus de votre écran, et quand le moteur apparaît, introduisez le sujet recherché. On vous proposera alors une liste de documents sur Internet qui sont en rapport avec le sujet demandé.

Suivez les liens

Le premier site que vous visiterez ne sera peut-être pas celui qui vous convient. Mais s'il est proche, examinez les liens proposés. Cliquez sur celui qui vous paraît correspondre au sujet de votre recherche.

Marquez vos sites favoris

Chaque service de navigation présente, à sa façon, un moyen de marquer les sites dont vous voulez vous souvenir. Cela vous fera épargner du temps dans l'avenir.

Imprimez en cours de travail

Comme toujours, constituez un dossier avec les informations importantes. Des impressions sur papier des informations recueillies vous feront gagner du temps quand vous commencerez effective-ment à écrire.

Sont parus dans cette collection :